UK
United Kingdom

사진으로 보는 영국

영국에 오면 이것들을 한번 찾아보라고!

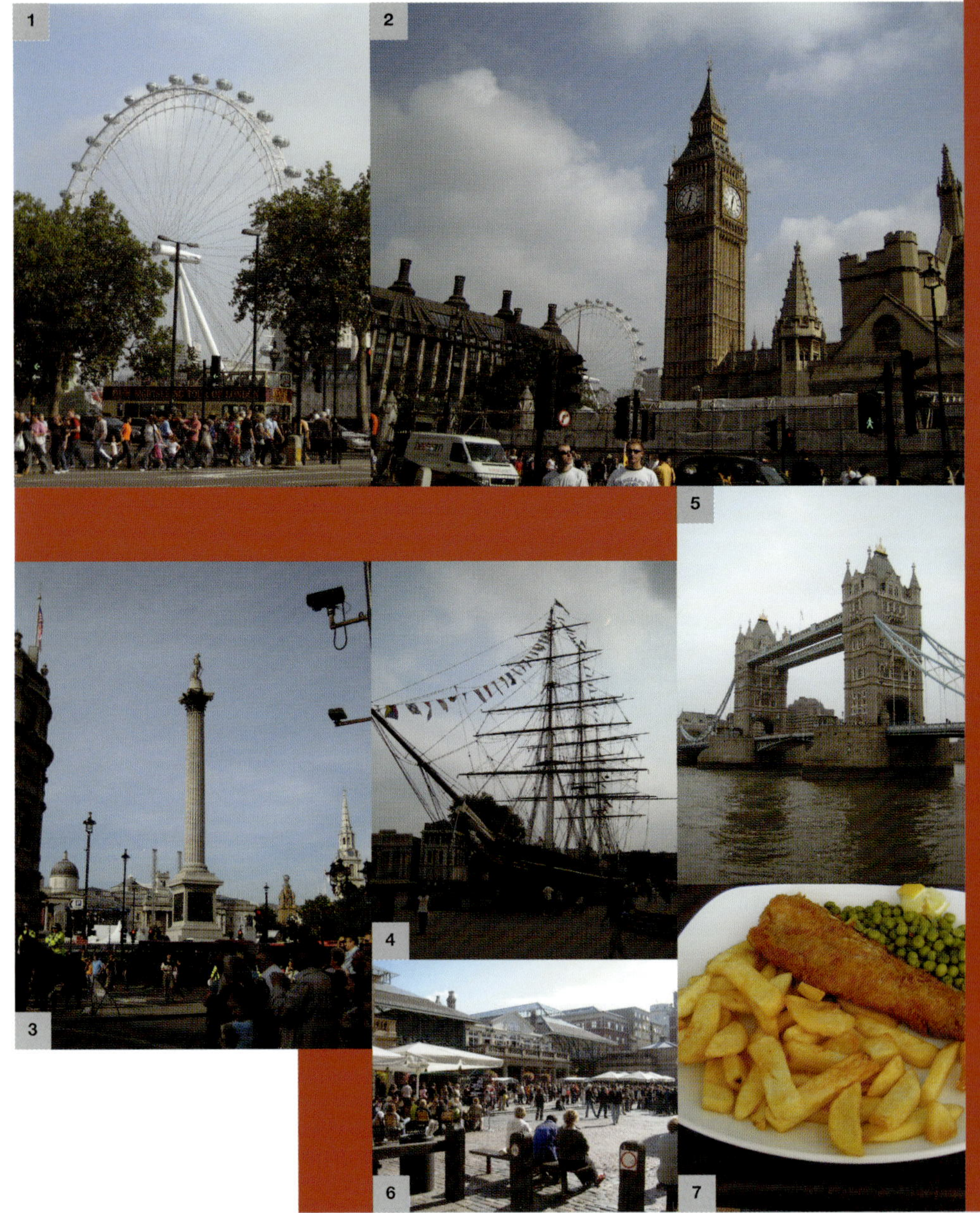

1〉 **런던아이** 런던 템스 강에 있는 대관람차 런던아이. '런던의 눈'이라는 뜻으로 높이 135m까지 오르는 동안 런던을 한눈에 볼 수 있다.

2〉 **빅벤** 영국 국회의사당의 동쪽 끝에 있는 탑에 달린 대형 시계. 빅벤은 매 시간마다 종을 울려 정확한 시간을 알려 준다.

3〉 **트라팔가 광장** 넬슨이 이끈 '트라팔가 해전'(1805년)의 승리를 기념하여 지어진 광장이다. 광장에는 높이 50m가 넘는 넬슨 탑이 있다.

4〉 **커티샥 호** 스코틀랜드 글래스고에 있는 조선소에서 주조된 963톤 무게의 범선으로 19세기에 세계에서 가장 빠르고 유명했던 범선이다.

5〉 **타워 브리지** 19세기에 런던이 발전함에 따라 템스 강을 건너려는 사람들도 많아지면서 탄생했다. 이 다리는 대형 선박이 다리 밑을 지나갈 때면 다리 가운데가 올라간다.

6〉 **코벤트 가든** 활기찬 영국 사람들의 모습을 느껴 볼 수 있는 곳. 각종 상점들과 거리 공연으로 시끌벅적하다.

7〉 **피시 앤드 칩스** 생선과 감자를 기름에 튀겨 소금과 식초를 뿌려 먹는 요리다. 영국의 전통 음식이니 영국에 가면 꼭 먹어 보도록!

8〉 **버킹엄 궁전을 지키는 근위병** 털모자에 빨간 상의를 입은 근위병. 그들의 교대식은 4~7월 중 매일 아침 11시 30분에 볼 수 있다.

9〉 **빨간색 2층 버스** 영국의 상징인 빨간색 2층 버스. 2층 맨 앞자리에 앉으면 런던의 거리 풍경을 한눈에 볼 수 있다.

10〉 **웨스트민스터 사원** 런던 웨스트민스터에 있는 거대한 성공회 성당. 1066년 이후로, 영국의 모든 군주들은 이곳에서 대관식을 올렸으며, 죽으면 이곳에 묻혔다.

11〉 **에든버러 성** 에든버러는 옛 스코틀랜드 왕국의 수도이자 스코틀랜드 행정·문화의 중심지이다. 일요일을 제외한 매일 오후 1시 정각에 대포를 쏜다.

12〉 **테이트 모던 미술관** 영국 현대 미술의 보고라 불리는 곳이다. 폐쇄된 화력발전소를 미술관으로 개조했다. 건물 한가운데 높이 99m의 굴뚝이 솟아 있는데, 밤이면 등대처럼 빛을 낸다.

이게 영국 사람들이 사랑하는 것들이야!

1) **홍차** 영국 사람들은 어찌나 홍차를 사랑하는지 하루에 보통 5~6잔을 마신다고 한다.

2) **축구** 영국은 축구를 세계에 퍼뜨린 나라다. 그 때문인지 영국인들의 축구 사랑은 엄청나다. 자자손손 대를 이어 한 팀을 응원하거나, 축구 때문에 아내를 거의 신경 쓰지 않아 생겨난 '축구 과부' 라는 말도 있을 정도.

3) **비틀스** 존 레논, 폴 매카트니, 조지 해리슨, 링고 스타 4명으로 구성된 비틀스는 영국의 록 밴드이다. 1960년대의 사회 · 문화적 혁명을 야기했으며 전 세계적으로 10억 장 이상의 음반을 판매하였다.

4) **영국 왕실** 영국 사람들에게 왕실은 '해가 지지 않는 나라' 라는 과거의 명성을 일깨워 주는 존재들이다. 런던에 위치한 버킹엄 궁전에는 빅토리아 여왕 시대부터 왕 또는 여왕이 거주하고 있다.

5) **셰익스피어의 생가** 인도와도 바꾸지 않겠다는 말이 있을 정도로 영국인들이 사랑하는 대문호 셰익스피어. 셰익스피어의 고향인 스트랫퍼드어폰에이번에는 그의 생가가 있다.

6) **펍** 영국 사람들의 사랑방. 동네 주민들은 펍에서 맥주 한잔을 걸치며 중요한 정치 토론을 벌이기도 하고 주말 저녁엔 축구 경기를 보며 함께 열광하기도 한다.

7) **일광욕** 영국은 일 년에 평균 190일 이상 비가 온다. 그래서 영국 사람들은 남녀노소 할 것 없이 햇볕이 쨍 하게 내리쬐는 곳에서 해바라기를 하는 일광욕을 무척 좋아한다.

영국적인 것! 세계적인 것!

1〉 **대영박물관** 영국 최대의 국립 박물관. 세계 각국의 값진 문화유산들을 1,300만 점가량 소장하고 있는데, 제국주의 시대에 약탈해 온 소장품들도 적지 않다.

2〉 **그리니치 천문대** 1675년 런던 교외 그리니치에 설립되어, 지구를 가로지르는 본초 자오선의 기준이 되었다. 이 선을 기준으로 동경과 서경이 나눠진다.

3〉 **스톤헨지** 솔즈베리 평원에 있는 고대의 거석. 커다란 돌들이 마치 제단처럼 쌓여 있는데, 신석기 시대 말기나 청동기 시대 초기에 만들어졌다고 추정된다. 어떻게 쌓았는지 무엇을 목적으로 만들었는지 추측만 난무하는 신비의 유적이다.

4〉 **옥스퍼드** 영국의 중심 도시 중 하나로, 여러 대학들이 이곳에 세워졌다. 13세기에 세워진 오래된 것부터 최근에 설립된 것까지 무려 30여 개의 대학이 있다.

5〉 **케임브리지** 세계의 유명한 대학교들이 자리하고 있는 교육과 연구의 중심지. 킹스 칼리지, 트리니티칼리지, 세인트 존스 칼리지 등 역사 깊은 우수한 대학교가 있다. 캠 강을 따라 펀트를 타며 다리들을 지나 칼리지들을 구경하는 재미가 좋다.

6〉 **해리포터** 1997년에 『해리 포터와 마법사의 돌』로 시작되어 대히트를 친 조앤 K. 롤링의 판타지 소설. 전세계 64개 언어로 번역되었다.

사진으로 보는 영국
전통과 축제가 함께하는 영국의 모습

1) **캔터베리 대성당** 영국 기독교의 발상지인 캔터베리에 있는 영국 국교회 최고의 교회.

2) **성 아우구스티누스 수도원** 캔터베리 대성당과 함께 세계문화유산으로 지정된 이곳은 7세기 초 캔터베리 대주교가 된 성 아우구스티누스가 세웠다. 수도원 내에 성 아우구스티누스의 무덤이 있다.

3) **런던탑** 템스 강변에 웅장한 모습으로 세워진 런던탑은 정복왕 윌리엄 1세가 지은 왕궁이자 요새요, 감옥이다. 런던탑은 제임스 1세까지 왕궁으로 사용되었고, 나중엔 감옥의 기능이 강해졌다. 특히 신분 높은 국사범들이 주로 투옥되었다.

4) **스코틀랜드 전통 의상** 킬트라고 부르며, 스코틀랜드 남자가 입는 전통 복장이다. 행사가 있을 때, 심지어 축구를 응원할 때도 입는다.

5) **하이랜드** 스코틀랜드의 북쪽 고지대로 자연 풍광이 매우 아름다우며 역사 깊은 고성들을 그대로 간직하고 있는 지방이다. 이곳에는 목이 긴 거대한 괴물이 살고 있다는 목격담이 전해져 오는 네스 호가 있다.

6) **아룬델 성** 노르만인들이 지은 이 성은 16세기에 로마 가톨릭 최고의 가문이었던 권력자 노포크 공작에게 인수되었다. 이 가문은 현재도 이 성에서 살고 있다. 관광객들을 위해 과거의 모습을 재현한 퍼포먼스가 행해진다.

1) **노팅힐 페스티벌** 유럽의 최대 거리 축제 중 하나인 노팅힐 페스티벌은 1965년 노동자들의 단결을 위해 시작되었으나, 지금은 영국의 유명 페스티벌 중 하나로 자리 잡았다. 8월 마지막 주 월요일에 개최된다.

2) **브라이튼 페스티벌** 가족과 아이들을 위한 예술 축제로, 매년 5월에 열린다. 아이들이 분장하고 행진하는 칠드런 퍼레이드도 한다.

3) **에든버러 프린지 페스티벌** 장르나 형식 등 정해진 틀에 얽매이지 않고 자유롭게 펼쳐지는 세계 최대 규모의 예술공연 축제로 매년 8월, 스코틀랜드의 에든버러에서 열린다.

4) **이튼 스쿨** 영국 최고의 명문 사립학교. 20명의 영국 수상과 윌리엄 왕자를 배출한 이튼 스쿨은 1440년 헨리 6세에 의해 설립되었다.

5) **피카딜리 서커스** 영국의 최대 번화가이다. 1890년대 런던 최초로 조명을 사용한 광고가 시작되면서 유명해졌다. 피카딜리라는 말은 17세기에 이 광장 근처 양복점에서 고안한 주름 장식 칼라, '피카딜'에서 유래했다고 한다.

6) **웨스트 엔드** 영국 뮤지컬의 메카. 높은 예술성과 장인 정신을 보여 주는 뮤지컬 극장들이 밀집해 있다.

노빈손의
파란만장 영국 유랑기

노빈손의 파란만장 영국 유랑기

초판 1쇄 펴냄 2008년 9월 12일
초판 11쇄 펴냄 2017년 7월 17일

지은이 김성중
일러스트 이우일
펴낸이 고영은 박미숙

편집이사 인영아 l 뜨인돌기획팀 이준희 박경수 김정우 이가현
뜨인돌어린이기획팀 조연진 임솜이 l 디자인실 김세라 이기희
마케팅팀 오상욱 여인영 l 경영지원팀 김은주 김동희

펴낸곳 뜨인돌출판(주) l 출판등록 1994.10.11(제406-251002011000185호)
주소 10881 경기도 파주시 회동길 337-9
홈페이지 www.ddstone.com l 노빈손 www.nobinson.com
대표전화 02-337-5252 l 팩스 031-947-5868

ⓒ 2008 김성중, 이우일
'노빈손'은 뜨인돌출판(주)의 등록상표입니다.

ISBN 978-89-5807-243-0 03810
(CIP제어번호 : CIP2010002983)

어린이제품안전특별법에 의한 제품표시	
제조자명 뜨인돌 **제조국명** 대한민국 **사용연령** 8세 이상 어린이 청소년 제품	**전화번호** 02-337-5252 **주소** 경기도 파주시 회동길 337-9

노빈손의 파란만장 영국 유랑기

김성중 지음 | 이우일 일러스트

뜨인돌

올림픽 폐막식에서는 으레 다음 개최지에 대한 '예고편' 격인 공연이 펼쳐집니다. 2012년 개최지는 영국의 런던. 『노빈손의 파란만장 영국 유랑기』를 막 끝낸 나는 영국이 과연 어떤 공연을 보여 줄지 기대하며 베이징 올림픽의 폐막식을 지켜보았습니다.

빨간 2층 버스가 첫 등장을 하더군요. 그러더니 갑자기 버스가 둘로 갈라지면서 무대로 전설적인 록 그룹, '레드 제플린'의 지미 페이지가 튀어나와 화려한 기타 연주를 선보였죠. 이어진 데이비드 베컴의 왼발 슛도 인상적이었고요.

'과거의 영국'이 아닌 '현재의 영국'을 올림픽 스타디움에 옮겨 놓은 것 같은 그날의 공연은 신사의 나라, 대영제국, 비가 많이 내리고 차가운 사람들이 사는 섬, 전통을 중시하는 보수적인 영국에 대한 이미지를 친근하고 젊고 세련된 것으로 바꾸는 멋진 퍼포먼스였습니다.

영국은 상반된 것들이 나란히 공존하는 나라입니다. 일 년에 190일 이상 비가 오지만 봄날의 햇빛은 너무나 따사롭고 아름답습니다. '신사의 나라'라는 별명처럼 매너를 중시하지만 축구나 럭비 같은 격렬한 스포츠가 처음 나온 곳이고 늘 폭력적인 관중들 때문에 골치를 썩고 있습니다. 또 왕궁에선 여왕이 살지만, 힘들게 사는 노동자들은 귀족이나 왕족을 그다지 부러워하지 않고 자기만의 문화와 생활을 즐깁니다.

한때 지구 영토 4분의 1이 영국의 식민지였던 화려한 시절이 있었습니다. 그러나 영광의 시절은 지나갔고 영국은 이제 유럽 끝의 작은 섬나라로 돌아갔습니다.

그렇지만 영국이 과연 작은 섬나라이기만 할까요? 세계 공용어라고 하는 영어의 본고장이자 위대한 대문호 셰익스피어의 나라이기도 한 영국은 여전히 자신만의 매력으로 세계인들에게 다가가고 있습니다.

우리의 친구 노빈손이 이번엔 영국 런던으로 시간 여행을 떠납니다. 킹스 크로스 역 9와 4분의 3번 승강장에서 출발한 노빈손은 여행을 하면서 꼬장꼬장한 괴로피셔 백작, 짠순이 엘리자베스 여왕, 충직한 데이비드 백곰, 글로브 엔터테인먼트의 대표 셰익스피어 등 재미있는 인물들을 길동무로 만나죠.

물론 이번에도 고생깨나 했지만 왕실과 셰익스피어 극단과 해적선을 누비는 모험에는 신나고 박진감 넘치는 순간도 많았답니다. 나중에는 노빈손 자신도 즐기는 눈치더라고요.

자, 이제 영국으로 향하는 노빈손의 빨간 2층 버스가 출발합니다. 전망 좋은 곳에 앉아 가려면 얼른 올라타세요!

김성중

등.장.인.물.

노빈손

영국으로 어학연수를 간 말숙이에게 간장 게장을 퀵서비스하기 위해 직접 영국으로 날아왔다가 엘리자베스 1세 시대로 시간 여행을 떠나게 된다. 트림과 방귀 등 더티 개그로 여왕의 총애를 받고 귀족으로 초고속 신분 상승을 하는가 하면, 모함으로 런던탑에 갇히는 등 영국에서도 빈손이의 파란만장한 모험은 쭉 계속된다.

엘리자베스 1세

스물다섯 꽃다운 나이에 여왕이 되어 야무지게 영국을 통치하여 섬나라 영국을 태양이 지지 않는 위대한 나라로 키운다. 선보는 것과 신랑 후보감의 초상화 모으는 것이 취미이며, 화려한 겉모습과 달리 노빈손의 지저분한 개그에 열광한다. 짠순이 기질이 있어 노빈손을 어릿광대로 고용하면서도 급료를 주지 않아 몇 가닥 없는 노빈손의 머리를 더 빠지게 한다.

괴로피셔 백작

템스 강 밑에서 절규하는 노빈손을 데려와 품위 있는 신사로 만들기 위해 노력한다. 코 파지 말라, 방귀 뀌지 말라, 트림하지 말라 등 잔소리가 구백 단이다. 노빈손을 신사 만들려다가 재산을 홀랑 말아먹고 그 모든 탓을 노빈손에게 돌리며 그를 철천지 원수로 여긴다.

데이비드 백곰

괴로피셔 백작의 정원사로 영국인이지만 충청도 사투리와 유사한 말투를 쓴다. 감자 세 알에 노빈손을 주인으로 모시며 의리와 충성을 다한다. 데이비드 베컴의 조상이 아닐까 싶을 정도로 축구를 잘해 정원사에서 의회파 축구 선수로 진로를 바꿔 볼까 고민 중이다.

매사 고뇌하는 게 취미인 덴마크 왕자. 툭하면 유령이 보인다면서 주변을 얼어붙게 만든다. 노빈손을 만나 런던탑을 탈출한 후 왕자 신분에 어울리지 않게 구걸도 하고, 취직을 하여 돈을 벌며 사회물을 먹는다. 훗날 셰익스피어가 그를 모델로 걸작을 쓴다.

햄릿

글로브 극장의 주인이자 스타 제조기. 시도 때도 없이 '영감이 마구 떠올라!' 를 외치며 정력적으로 극본을 쓴다. 뛰어난 능력에도 불구하고 대학을 안 나왔기 때문에 대필 논란에 시달린다. 애드리브하는 배우를 엄청 싫어한다.

셰익스피어

야망과 카리스마를 겸비한 대담무쌍한 인물. 해적은 보통 교수형으로 죽지만 드레이크는 작위를 받고 해군 총사령관으로 발탁된다. 취미는 스페인 상선 약탈하기, 특기는 대포 쏘기다. 달 밝은 밤이면 이순신 장군 흉내를 내며 긴 칼 옆에 차고 갑판에 나와 깊은 생각에 잠긴다.

드레이크 선장

콧수염을 실룩거리며, 뛰는 범죄자 위에 나는 명탐정이 있다는 걸 보여주어 범죄자들의 코를 납작하게 만든다. 탁월한 추리력뿐 아니라 패션 감각도 뛰어나 런던 젊은이들에게 가늘고 긴 수염과 승마 모자, 파이프를 물고 수염을 실룩실룩대는 '실룩키언룩'을 유행시킨다.

실룩 홈스

의회파 대표로, 여왕의 인기는 인정하지만 그래도 영국은 의회가 다스려야 한다는 소신을 굽히지 않는다. 힘이 좋아 판결 때마다 부러뜨려 먹은 망치가 손으로 꼽을 수 없을 정도다. 적은 머리숱이라는 공통점 때문에 노빈손과 동병상련하며 친구가 된다.

해머 판사

차례

2 부 평민 노빈손

3 부 해적 노빈손

에필로그

 프롤로그

9와 4분의 3번 승강장

여기는 런던 킹스 크로스 역.

바로크 풍으로 지어진 역 안으로 노빈손이 무거운 배낭을 메고 펭귄처럼 뒤뚱거리며 발걸음을 옮겼다.

"드디어 말숙이를 보는구나."

노빈손은 탄식인지 신음인지 알 수 없는 소리를 내며 배낭을 내려놓았다. 배낭 안에는 어학연수를 떠난 말숙이에게 전해 줄 고추장, 된장, 김치, 명란젓, 그리고 간장 게장이 들어 있었다.

노빈손이 여섯 번째 세계 여행지로 영국을 택한 건 순전히 말숙이의 이 말 때문이었다.

"너도 보고 싶고, 간장 게장도 보고 싶어! 안 오면 알지?"

아무래도 간장 게장 쪽을 더 보고 싶어하는 것 같았지만 노빈손은 바리바리 짐을 싸 짊어지고 왔다.

안개가 자욱한 승강장에는 사람들로 북적거렸다. 그때 맞은편에서 한 소년이 카트를 밀고 전속력으로 뛰어왔다.

"으악!"

"죄송해요!"

어깨를 부딪치고 간 소년 때문에 노빈손은 그만 무게 중심을 잃고 땅바닥에 주저앉았다.

"어라, 저게 뭐지?"

올림픽을 세 번 치르게 될 유일한 도시, 런던
런던은 뉴욕, 파리, 도쿄와 더불어 세계 최대 도시 중 하나다. 지하철이 세계 최초로 개통된 도시, 유럽 연합 내에서 가장 큰 도시, 또 2012년에 제30회 올림픽 개최지로 결정되어 역사상 세 번의 올림픽을 개최하는 유일한 도시라는 타이틀도 갖고 있다. 영국의 시인이자 수필가 사무엘 존슨은 '런던에 싫증이 난 사람은 인생에 싫증이 난 것이다'라고 칭송할 만큼 독특한 분위기를 가진 국제 도시다.

바닥에 까만 수첩이 떨어져 있었다. 방금 그 소년이 흘리고 간 듯했다.

'호그와트 마법학교 학생 수첩? 호그와트라, 어디서 들어본 학교 같은데……'

노빈손은 수첩을 돌려주려고 두리번거렸다. 카트 소년은 멀지 않은 9번 승강장 쪽에 있었다.

"애! 여기 수첩이……. 엄마야!"

소년을 따라잡은 노빈손은 똑똑히 보았다. 전속력으로 뛰던 소년이 9번과 10번 승강장 사이의 벽을 통과하는 것을! 소년의 어깨를 잡은 자신도 덩달아 벽을 통과해 버린 것을! 불과 몇 초 만에 벌어진 일이었다.

'귀신에 홀렸나? 여기가 어디지?'

방금 통과한 벽에는 '9와 4분의 3번 승강장'이라고 쓰여 있었다. 노빈손은 정신을 차리고 주위를 둘러보았다. 선로에는 주홍색 증기 기관차가 칙칙 연기를 뿜고 있었으며, 사방에는 검은 가운을 입은 소년 소녀들로 법석였다.

"해리, 네 뒤의 못생긴 머글은 누구니?"

주근깨가 가득한 금발의 소년이 말했다.

그제야 노빈손을 이리로 끌고 온 문제의 소년이 뒤를 돌아보았다. 이마에 난 번개 모양 흉터와 동그란 안경을 쓴 그 소년은 바로 전 세계에서 가장 유명한 마법사 해리 포터였다!

해리 포터는 자신의 망토 끝을 붙잡고 서 있는 노빈손을 보고 깜짝 놀랐다.

"누, 누구세요?"

"나? 대한민국 표준 미남 노빈손. 설마 넌?"

"해리 포터예요."

"우아! 여기 사인 좀 부탁할게."

그때 지나가던 어른 마법사 몇 명이 날카로운 눈빛으로 노빈손을 노려봤다.

"머글은 여기 있으면 안 되거든요? 이 포트키를 줄 테니 얼른 돌아가세요."

해리 포터는 사인 대신 낡은 회중시계를 노빈손에게 내밀었다. 녹슨 사슬을 달고 있지만 뚜껑에는 커다란 다이아몬드가 박혀 있는 무지 비싸 보이는 시계였다.

"삐-익!"

출발을 알리는 기적 소리가 울리자, 해리 포터는 얼른 기차에 올라탔다. 노빈손은 황급히 기차를 따라 뛰며 물었다.

"사용법을 알려 줘야지!"

"바늘을 5시 47분으로 맞추고 위에 달린 단추를 누르세요."

'아……, 가 버렸다.'

승강장에 홀로 남겨진 노빈손은 그만 바닥에 주저앉고 말았다.

"5시 30분. 맞아, 분명 5시 30분이랬어."

순간 이동의 수단.
포트키
포트키는 마법사들의 이동 수단으로 어떤 한 지역과 또 다른 지역을 잇는 역할을 하여 순간 이동을 할 수 있게 한다. 주로 머글(보통 인간)의 눈에 띄지 않게 하기 위해 쓸모없어 보이는 물건이나 아니면 만지기를 싫어하는 물건들에 마법을 걸어 놓는다. 해리 포터 시리즈 제4탄 『해리포터와 불의 잔』에서는 포트키로 낡은 장화가 등장했다.

기적 소리 때문에 해리 포터의 말을 똑똑히 듣지 못한 노빈손은 바늘을 돌린 후 단추를 눌렀다. 그러자 딸깍 소리가 나더니 시계에서 눈부신 빛이 뻗어 나왔다. 동시에 주변 풍경이 촛농처럼 뭉개지며 빙글빙글 돌았다.

"엄마야!"

회중시계, 아니 포트키를 잡은 노빈손은 빛에 둘러싸인 채 하늘로 솟구쳐 올라가 허공에서 한 점이 되어 사라졌다.

옛것은 무조건 좋다고?

준비됐니?
알면 알수록 재미있는
영국 탐험 시작!

노빈손이 영국에 대해 아는 거라고는 빨간 2층 버스, 여왕, 빅벤 뿐이야. 그밖엔 도통 모르지. 빈손이 모르게 우리만 살짝 알고 이 여행을 시작할까? 빈손이야 뭐, 늘 그렇듯 몸으로 때우면서 배우겠지!

토끼 섬의 정체

토끼가 유럽 대륙 서북쪽으로 깡충깡충 뛰어갔다가 고개를 살짝 돌린 모양의 섬나라 영국의 정식 명칭은 '그레이트브리튼 및 북아일랜드 연합왕국'이야. 영어로 쓰면 the

23

영국의 국기, 유니언 잭
잉글랜드, 스코틀랜드, 아일랜드를 상징하는 십자가들의 조합으로 이루어졌다.

영국의 화폐
영국은 유럽 연합의 회원국이면서 유로화를 사용하지 않고 파운드를 사용해. 영국의 화폐는 2파운드, 1파운드, 50펜스, 20펜스, 10펜스, 5펜스, 2펜스, 1페니 이렇게 8가지의 동전과 5파운드, 10파운드, 20파운드, 50파운드, 100파운드 이렇게 5종류의 지폐가 있어. 100펜스는 1파운드와 같아. 환율은 그때그때 다르니 환율 정보를 이용해 보도록.

United Kingdom of Great Britain and Northern Ireland
지. 그러나 이 긴 이름을 짧게 줄여 UK라고도 해. 영국은 잉
글랜드, 스코틀랜드, 웨일스와 북아일랜드로 이루어져 있어.

면적과 기후

영국의 면적은 243,000km²로 우리나라와 비슷한 크기야.
우리나라보다 약 1,400km 더 북쪽에 위치하지만, 멕시코 난
류와 편서풍의 영향으로 일 년 내내 온도 차가 크지 않고(1
월 평균 4.1도, 7월 평균 기온 16.4도) 비가 자주 오는 '서안
해양성 기후'를 보여. 덕분에 버버리 코트를 입고 한 손에
우산을 든 영국 신사가 영국의 대표 모델이 되어 버렸지.
영국 사람들은 둘만 모여도 날씨 얘기를 하는데, 흐렸다 갰
다 뺑덕어멈 뺨치게 변덕스러운 하늘을 머리에 이고 살고
있으니 당연한 거 아니겠어?

아까 말했듯 영국은 위도가 높기 때문에(혹시 위도와 경도의 차이를 모르면 선생님께 여쭤 봐. 지구본 위의 가로줄과 세로줄을 보여 주실 거야.) 여름엔 오후 8~9시까지 해가 지지 않고, 겨울엔 오후 3시부터 어둑어둑해진대.

영국 사람들은 이렇대

'등을 꼿꼿이 편 채 윗입술에 힘을 주고 말하기.'
이런 무표정하고 딱딱한 얼굴이 한동안 영국인 특유의 표정이었대.
'신은 영국인이고 아마도 이튼스쿨에서 교육받은 사람일 확률이 높다'는 말이 있을 정도로 대영제국의 신민이라는 자부심이 대단한 영국 사람들. 그들의 특징에 대해 조금 더 자세히 들여다볼까?

뭐든 지나친 건 좋지 않다

젠틀맨(gentleman)은 '절제된(gentle)+사람(man)' 의 합성어야. 기쁘
거나 화나는 일이 있어도 너무 티 내는 건 영국인의 방식이 아니야.

옛것은 무조건 좋은 것이여

오래된 물건과 전통을 보존하는 걸 중히 여기는 영국인들인지라 나라 전
체에 박물관과 골동품 상점, 중고 벼룩시장이 넘쳐나지.

노는 물에서 놀자

영국에는 소수의 귀족과 기업가로 이루어진 상류층, 인구의 대부분을 이
루는 중산층, 육체노동을 하는 노동자 계층으로 확실하게 나눠져 있어. 그
렇지만 중산층이 상류층을 부러워하지는 않아. 자기가 속한 계층 나름대
로의 역사와 문화가 있기 때문에 편한 사람들끼리 함께 즐기는 거지.

뜨거운 감자, 북아일랜드 독립운동

근래까지 영국의 골칫거리는 자국이 아닌 바다 건너 북아일
랜드 지역이었어. 여기에는 긴 사연이 있어.

아일랜드는 몇 백 년의 세월을 영국의 식민지로 지내다가
1921년에 드디어 독립을 해. 그러나 다수의 영국인이 이주
해 살고 있던 북아일랜드 지역은 제외됐어.

하지만 북아일랜드의 사람들은 영국의 통치를 벗어나기 위
해 아일랜드공화국군(IRA)을 결성해 게릴라와 테러 행위를
벌이며 저항했어. 영국군은 이에 보복을 가했고 이 과정에
서 수많은 영국인과 아일랜드 인이 희생됐지.

테러 행위는 1998년 영국과 아일랜드 간 평화협정이 체결
되면서 일단락됐고, IRA가 2002년 4월 무장 해제를 하면
서 마무리된 듯해. 하지만 이 평화가 계속 갈지는 미지수일

정도로 북아일랜드 문제는 영국에게 있어 뱉지도, 먹지도 못하는 뜨거운 감자야.

같은 듯 다른 영국 영어 vs 미국 영어 표현

노빈손에게는 미국식 영어든 영국식 영어든 다 비슷하게 들리겠지만, 사실 영국 영어와 미국 영어는 차이가 있어.

우선 발음을 살펴보면, 'r'과 'o' 발음이 많은 차이가 있어. 영국인들은 'r' 발음을 단어의 처음이 아니면 강하게 발음하지 않아. 또한 'o'는 '아'보다는 '오'에 가깝게 발음해. 예를 들면, stop의 경우 미국식으로 발음하면 '스탑'이지만 영국식으로는 '스톱'이야.

단어의 표현에서도 영국 영어와 미국 영어는 차이가 있어. 몇 가지 단어 표현을 살펴볼까?

단어 뜻	영국식 영어	미국식 영어
사탕	sweets	candy
트럭	lorry	truck
고속도로	motorway	highway
보도	pavement	sidewalk
지하철	underground/tube	subway
지폐	note	bill
쓰레기	rubbish	garbage
엘리베이터	lift	elevator
얇게 저민 감자 튀김	crisps	potato chips

귀족 노빈손

괴로피셔 백작을 만나다

"아이코!"

하늘에서 떨어지면서 엉덩방아를 쿵 찧은 노빈손은 주변을 둘러보았다. 저 멀리 국회의사당이 보이고 템스 강이 흐르는 것이 런던이 맞긴 맞는 것 같았다. 그런데 분위기가 이상했다. 빨간 2층 버스 대신 마차가 돌아다니고, 미니스커트 대신 기다란 드레스를 차려입은 숙녀들이 지나갔다.

"저기, 지금이 무슨 시대예요?"

"당연히 경애하는 엘리자베스 여왕 시대지. 너 바보니?"

황당한 대답을 들은 노빈손은 거리에 멍하니 서 있었다. 변덕스러운 영국 날씨는 이런 순간에야말로 비를 뿌려야 제격이라는 듯 소나기를 퍼붓기 시작했다. 노빈손은 몇 가닥 없는 머리를 마구 헝클이며 짧은 영어로 울부짖었다.

"오 마이 갓!"

때마침 마차 안에서 졸고 있던 괴로피셔 백작은 그 소리에 화들짝 놀라 밖을 내다봤다. 괴상하게 생긴 녀석이 '오 마이 갓!'을 연발하며 서 있는 것이 아닌가! 그걸 세워 달라는 신호로 본 마부는 합승 마차를 세웠다.

"탈래? 요금은 1펜스야."

노빈손이 비를 피해 마차에 타자 괴로피셔 백작은 불쾌한 듯 인상을 찡그렸다.

변덕스런 영국의 날씨
노빈손이 절규하는 타이밍에 비가 내리는 건 결코 우연이 아니다. 일 년 중 190일가량 비가 오는 영국에서는 시도 때도 없이 벌어질 수 있는 일이다. 변덕스러운 날씨 때문에 영국에서는 하루에 사계절을 볼 수도 있다. 그래서 뉴스의 일기 예보도 아침, 점심, 오후 날씨로 나눠 알려 준다. '아침엔 비가 오다 점심에는 활짝 개고 오후에는 돌풍이 몹시 불겠습니다.' 이런 식으로 말이다.

'어쩌다 저런 평민과 한 마차에 타는 처지가 됐을꼬……'

백작은 곧 남의 손에 넘어갈 자신의 성을 떠올리며 한숨을 쉬었다. 출세욕에 불타 여기저기 로비하고 다니고 화려한 파티를 벌인 게 화근이었다. 그 결과 대대로 내려오던 성은 빚쟁이들 손에 넘어가게 생겼고 자신은 이리저리 돈을 꾸러 다니는 신세가 됐다.

"애고, 홀랑 젖었네."

비에 젖은 생쥐 꼴이 된 노빈손은 체크무늬 남방을 벗어 물기를 짰다. 백작은 문득 그 무늬를 바라보다 입을 열었다.

"독특한 클랜이군. 혹시 글래스고에서 왔나?"

'오잉? 클랜이 뭐지?'

노빈손이 고개를 갸우뚱거리며 생각하는 사이 옷차림으로 남의 가문을 맞히는 일에 도가 튼 백작은 중얼중얼 추리를 계속했다.

"에든버러? 스털링? 그도 아니면……."

순간 괴로피셔 백작의 머릿속에 두 개의 영상이 떠올랐다. 오른쪽은 눈앞의 노빈손, 왼쪽은 최근 말에서 떨어진 후 기억을 잃고 실종됐다는 '로스트 경'이었다. 장난기 넘치는 눈매에 특이한 행동과 말투, 두 영상을 포개니 놀랍게도 거의 일치했다.

'설마 이분이 사라진 로스트 경?'

백작은 심장이 덜컥 내려앉았다. 후사가 없는 영국 왕실이

스코틀랜드의 상징 : 클랜, 몰트위스키, 백파이프
스코틀랜드에서는 색깔과 굵기가 다른 체크무늬를 통해 서로의 가문을 확인할 수 있었는데 이 체크를 '클랜'이라고 부른다. 또 스코틀랜드는 최고급 몰트위스키의 산지로 알려져 있다. 스코틀랜드의 전통 악기인 백파이프도 유명하다. 만화 『캔디 캔디』에 나오는 '동산 위의 왕자님'은 클랜이 그려진 치마에 백파이프를 불며 등장한다.

기에 여차하면 여왕의 친척인 로스트 경이라도 모셔 와야 한
다는 말을 들은 적이 있었다. 그렇다면 코딱지만 한 성에 살
면서 코딱지만 후비던 지난날의 설움을 단번에 갚아 줄 찬스
가 온 것 아닌가!

그때 노빈손은 주머니에서 회중시계를 꺼내 이리저리 살
펴보았다.

'저, 저건 혹시 스코틀랜드 왕가의 보물?'

백작은 뚜껑의 대부분을 차지하는 거대한 다이아몬드를
보며 눈을 빛냈다. 진품이라면 성을 몇 개나 사고도 남을 크
기다. 백작은 침을 꿀꺽 삼키고 인사를 건넸다.

"저는 괴로피셔 백작이라고 합니다. 작은 성과 정원, 친절한 마음씨를 가진 노총각이지요."

"전 노빈손이에요. 여행자고요."

노빈손은 속으로 '시간 여행자' 라고 덧붙이며 한숨을 쉬었다. 백작은 재빨리 대화를 이어나갔다.

"오늘 밤에 머무실 데는 있나요?"

"사실은 갈 데가 없어요. 런던에 아는 사람도 없고요."

"그렇다면 제 성에 묵으시죠. 적적한 독신자라 손님은 언제나 환영이랍니다. 머물고 싶은 만큼 머물면서 여행 이야기나 들려주세요."

"와! 감사합니다."

둘은 마주보고 씩 웃었다. 숙식이 한 방에 해결된 노빈손은 입이 함지박만 하게 벌어졌고, 다른 꿍꿍이가 있는 괴로피셔 백작은 속으로 쾌재를 불렀다.

'로스트 경을 내 사람으로 만든 다음 여왕님의 만찬에 데려가는 거야. 그럼 여왕님이 엄청난 사례를 하겠지? 그 돈으로 성을 되찾고 예쁜 아가씨에게 장가도 드는 거지……'

뭐든 영상으로 먼저 떠올리는 버릇이 있는 백작은 자신의 화려한 미래를 상상하느라 바빴다.

마차는 비오는 런던 시내를 뚫고 쏜살같이 달렸다.

명품 무늬, 버버리 체크
노빈손에게 버버리 코트가 있었으면 저렇게 젖지 않았을 텐데……. 버버리 코트는 원래 비옷 제조 회사인 버버리 사에서 만든 코트를 말한다. 그러나 버버리의 체크무늬가 전 세계적으로 유행하게 되면서 가방이나 머플러 등에도 쓰이게 되었다. 버버리 코트는 인류 최초로 남극에 간 아문센이 입기도 했고, 제1차 세계대전 당시에는 영국 해군복으로도 만들어졌다.

신사 수업은 괴로워

성이 가까워질수록 괴로피셔 백작의 마음은 점점 더 괴로웠다. 말만 성이지 꼬라지가 정말 누추했기 때문이다. 겨우 대지 이백 평에 침실 다섯 개, 하인 세 명밖에 없으니 백작 체면이 영 안 섰다. 가구에 양탄자까지 팔아 치워 집 안 곳곳이 휑하기까지 했다.

다행히 노빈손은 성의 크기나 모습에 개의치 않았다.

"집이 엄청 크네요. 텃밭도 멋지고."

"텃밭이라고요? 사실은 정원인데 하인들이 자꾸 토마토 같은 걸 길러서……."

"나무도 네모반듯한 게 꼭 두부 같아요."

분위기를 맞춘답시고 한 노빈손의 말에 자존심이 상한 백작은 큰 소리로 정원사를 불렀다.

"데이비드!"

한 남자가 부리나케 달려왔다. 커다란 몸집에 허여멀건 피부, 멀리서 보면 사람인지 곰인지 분간이 안 갔다. 정원사는 순한 눈빛과 달리 팔뚝에 '7'이라는 문신을 하고 있었다.

"바로크 스타일로 만들라고 했더니 깍둑썰기를 해? 그러고도 네가 정원사냐?"

무섭게 야단치던 괴로피셔 백작은 "오늘 저녁은 굶어!"라고 마무리한 후 노빈손에게 상냥하게 말했다.

"애가 섬세한 맛은 없어도 심성은 무척 착하답니다. 이제부터 로스트 경, 아니 노빈손 군의 시중을 들 거예요. 뭐 해? 얼른 인사 드리지 않고."

"안녕하세유. 데이비드 백곰이라고 해유."

"뭐? 데이비드 베컴!"

노빈손은 깜짝 놀라 자기도 모르게 외쳤다. 백곰은 베컴만큼 미남은 아니었지만 베컴의 등번호와 똑같은 숫자 7을 팔뚝에 문신으로 새기고 있었다.

"곧 식사가 나올 겁니다. 사양치 말고 많이 드세요. 하하!"

백작은 엄청난 만찬이 준비된 사람처럼 웃었다. 그러나 식사로 나온 요리는 구운 감자, 찐 감자, 삶은 감자, 으깬 감자가 전부였다.

그날 밤 노빈손은 찐 감자 세 알을 몰래 챙겨 정원으로 나갔다. 굶고 있을 백곰을 생각하니 마음이 영 불편했기 때문이다.

"얼른 먹어. 난 많이 먹었으니까."

"정말 감사해유……."

백곰은 볼이 미어져라 먹었다. 데이비드 백곰과의 긴 인연은 이렇게 시작됐다.

"기억상실이라지만 저 상태로 어떻게 궁에 데려가지?"

백곰과 함께 텃밭에서 감자를 캐고 있는 노빈손을 보며 백

아름다운 남자, 데이비드 베컴
뛰어난 축구 실력과 배우 못지않은 외모로 인기가 많은 잉글랜드의 축구 영웅 데이비드 베컴! 베컴은 외모를 가꾸는 남자를 일컫는 '메트로섹슈얼'의 대명사이기도 하다. 맨체스터 유나이티드에 오래 머물면서 리그 우승도 이끌었고, 잉글랜드 국가 대표팀 주장도 여러 번 했다. 베컴의 전매특허라 할 수 있는 정교한 왼발 프리킥은 최고라 할 수 있다.

작은 혼잣말을 했다. 기억을 잃었다지만 로스트 경의 귀족답지 못한 행동이 걱정되었던 것이다.

'저런 야만인을 눈부신 신사로 만들어 놓으면 여왕님이 감격해서 같이 궁에서 살자고 할지도 몰라.'

백작은 서재에 틀어박혀 부지런히 계획을 짰다. 종이에는 '신사 교육 → 여왕의 만찬 → 실종된 로스트 경과 여왕 상봉 → 여왕 감격 → 왕의 은인이자 스승으로 격상된 괴로피셔 백작 → 공작으로 전격 출세' 등의 계획을 빼곡히 적었다.

다음 날 동 트기 전에 노빈손에게 달려간 백작은 오늘부터 개인 교습을 하겠다고 선언했다.

"네? 신사 수업이요?"

"척 보니 귀족 자제이신 것 같은데 하인과 어울려 노는 꼴을 더 두고 볼 수가 없군요. 당신의 잃어버린 격식 · 품위 · 예절 · 우아함을 이 괴로피셔가 하루빨리 찾아 드리겠습니다. 데이비드!"

백작의 부름에 백곰이 『귀족이 알아야 할 천 가지 에티켓』, 『매일 5분이면 당신도 신사가 될 수 있다』, 『초보 신사 가이드』 따위의 책을 잔뜩 들고 나타났다.

"모두 제가 쓴 책이랍니다. 빨리 읽고 감상문을 써 내세요. 참, 이 집에서의 금지 사항부터 숙지하는 게 좋겠죠?"

백작은 코안경을 바싹 올려 쓰고는 종이를 읽어 내려갔다.

"첫째, 음식을 소리 내서 먹지 말 것. 둘째, 실내에서 방귀

식량난의 으뜸 공신, 감자

감자의 원산지는 남미 안데스 지역이다. 영국에는 엘리자베스 1세 시대에 월터 롤리 경에 의해 들어왔는데 싸고 영양가가 높아서 금세 주식으로 자리 잡았다. 감자에는 비타민과 필수 아미노산이 많이 들어 있지만 싹이 난 부분엔 '솔라닌'이라는 독성 물질이 있기 때문에 그 부분은 먹지 말도록. 감자는 식량난에 많은 도움을 준 작물로 꼽혀 유엔은 2008년을 '감자의 해'로 정했다.

뀌지 말 것. 셋째, 앉아 있을 때 다리를 떨지 말 것. 넷째, 식
사 후 트림하지 말 것. 다섯째, 하품할 때 입 안이 보이지 않
게 할 것. 여섯째, 코 파지 말 것. 일곱째……."

"잠깐만요!"

'말 것'들의 대부분은 노빈손이 좋아하는 것들이었다. 게
다가 여섯째 항목은 형평성 문제도 있었다.

"백작님도 코 파시잖아요. 책상 밑에 몰래 코딱지 붙이는
거 봤단 말예요."

"그 무슨 런던 까마귀 랩 하는 소리를!"

백작은 절대 그런 일 없었다고 펄쩍펄쩍 뛰었다.

'내숭은 말숙이의 전매특허인 줄 알았는데 영국 귀족도 만

만찮네.'

마지못해 책장을 펼친 노빈손은 숨이 턱 막혔다. 노빈손은 책을 읽는 척하면서 주머니 속의 포트키를 만지작거리며 열심히 바늘을 돌렸다. 그러나 비에 흠뻑 젖은 포트키는 녹이 슨 건지 어쩐 건지 통 반응이 없었다.

오갈 데 없는 노빈손은 깨알 같은 글자를 보다가 꾸벅꾸벅 졸기 시작했다.

엘리자베스 여왕의 만찬

식 교육으로 '신사 수업' 내신 등급을 마구 올린 지 어언 일주일. 드디어 괴로피셔 백작이 그토록 고대하던 엘리자베스 여왕의 만찬 날이 밝았다.

계단을 내려오는 노빈손은 말숙이도 몰라볼 만큼 딴 사람이 되어 있었다. 광택 나는 남성용 블라우스에 분홍빛 새틴 조끼, 진주 단추, 거기에 화려한 나비넥타이, 검정 실크 바지 등 모든 것이 흠잡을 데 없는 완벽한 웨이터, 아니 신사의 차림이었다.

"옷이 꼭 맞는군요!"

사실 백작 자신의 옷을 고친 거라 길이는 길고 품은 꽉 꼈지만 남은 돈을 탈탈 털어 수선비에 바친 그는 개의치 않고 활짝 웃었다.

화이트홀 궁전에 도착한 노빈손은 입이 딱 벌어졌다.

"우아, 여기가 궁전이에요?"

대리석 천장에 금과 은으로 세공한 실내 장식들, 빛의 분수처럼 오색 빛을 사방에 뿌리는 샹들리에, 값비싼 양탄자 위로 미끄러지듯 들어가는 귀빈들의 모습은 너무도 근사했다. 실크 드레스에 보석을 친친 감은 귀부인들의 옷차림은 물론이려니와 화려한 레이스 장식이 달린 꼭 끼는 재킷에 굽실굽실한 가발을 쓴 남자들의 모습에 노빈손은 입이 벌어졌다. 그러나 남자들이 스타킹을 신고 긴 머리의 가발을 쓴 모습이 노빈손의 눈에는 민망하기만 했다.

"여왕님이 건배를 하실 때까지 절대 음식에 손대면 안 됩니다. 알았죠?"

"네."

백작이 잔소리를 하든 말든 노빈손은 건성으로 대답하며 만찬장을 둘러보았다.

가장 안쪽에는 여왕이 앉을 커다란 황금 왕좌가 놓여 있었다. 그 앞에 길쭉하게 놓인 테이블은 귀족 차지고, 뒤에는 하원의원과 기사의 테이블이 마련되어 있었다. 신분의 높고 낮음에 따라 자리가 나뉘어 있는 것이다.

"엘리자베스 여왕 폐하십니다."

이윽고 시녀를 대동한 엘리자베스 1세가 천천히 걸어 나왔

스타킹 신은 남자
16~17세기 초에 걸쳐 서양 남자들이 입었던 호박 모양의 반바지를 트렁크 호스라고 한다. 허리에서 넓적다리 부분에 주름을 넣어 호박처럼 부풀린 이 바지는 더블릿이라는 꼭 끼는 상의와 함께 스타킹 위에 입었다. 이 시대엔 바지를 될 수 있는 대로 많이 부풀리고 서로 다른 색을 대비시켜 입어야 진짜 멋쟁이라고 할 수 있었다.

다. 타오르는 듯 붉은 가발에 밀랍처럼 하얀 얼굴을 한 여왕이 나타나자 다들 조용해졌다. 여왕은 살짝 미소를 지어 사람들의 긴장을 푼 후 말문을 열었다.

"만찬에 앞서 소개시킬 귀빈이 있소. 내 사촌동생 로스트 경이 사흘 전 웨일스에서 돌아왔답니다."

벨벳 커튼 뒤에서 노빈손과 몹시 닮은, 그러나 나이와 머리숱이 훨씬 많은 남자가 걸어 나왔다.

"심려를 끼쳐 죄송합니다."

사방에서 '아!' '오!' 하는 탄성과 함께 박수가 터졌다. '헉!'이란 소리를 낸 사람도 한 명 있었는데 바로 괴로피셔 백작이었다.

'그, 그럼 이 식충이는 누구?'

문제의 식충이는 만찬 요리만 뚫어져라 보고 있었다. 박하 양념을 한 스테이크, 향기로운 송로버섯을 넣은 생선 요리는 보고만 있어도 침이 고이고 식도가 꿀떡거렸다. 위장이 얼른 음식을 보내라고 아우성쳤다.

"자, 축배를 듭시다."

크리스털 잔이 부딪치는 '챙' 소리를 식사를 시작하라는 사인으로 알아들은 노빈손은 맹렬하게 접시에 달려들었다. 이미 머릿속에서 '신사'라는 두 글자가 사라지고 없었다.

'영국 음식은 감자만 있는 게 아니었잖아? 게다가 온통 맛없기만 한 것도 아니었고. 아! 감격스런 맛이구나!'

아는 사람만 아는 방귀의 비밀
사람은 하루에 몇 번이나 방귀를 뀔까? 정답은 평균 13번. 방귀는 고기나 계란같이 단백질이 많이 든 음식을 먹으면 냄새가 한층 구려지는 경향이 있다. 노빈손이 영국에 가서 유난히 방귀를 많이 뀐 건 고기랑 빵을 많이 먹었기 때문일 것이다. 특히 변비나 치질이 있는 사람은 항문의 통로가 부분적으로 막혀 다른 사람보다 엄청 큰 소리로 방귀를 뀌게 된다.

평소 괴로피셔 백작은 '음식은 육체의 연료'라며 식사를
감자로 된 땔감 비슷하게 취급한 터라 노빈손의 먹는 기쁨은
두 배로 컸다. 노빈손은 자신도 의식하지 못하는 사이에 먹
고 마시며 트림을 하고 방귀까지 뿡뿡 뀌어 대면서 다채로운
소리를 만들어 내고 있었다.

후루룩쩝쩝끅 뿡!

괴로피셔 백작이 미친 듯이 노빈손의 옆구리를 쿡쿡 찔렀
지만 소용없었다. 사람들이 힐끔거리자 백작은 얼른 샹들리
에를 바라보며 노빈손과 일행이 아닌 척했다.

후루룩쩝쩝끅 뿡!

노빈손은 안 그래도 튀는 인상인데 가발 쓴 사람들 사이에서 혼자 시원한 헤어스타일을 하고 마구 먹어 대니 사람들의 시선을 끌 수밖에 없었다. 과식-트림-방귀라는 매너의 절대 금기를 현란하게 넘나드는 노빈손의 모습에 만찬장을 가득 메운 귀빈들이 수군덕대기 시작했다.

"대체 저 식신은 누구래요?"

"몰라요, 괴로피셔 백작이 데려왔나 봐요."

"거참, 교양하고는……. 어떻게 여왕님 앞에 저런 무뢰한을 데려온답니까?"

사람들의 비난이 쏟아지자, 백작은 샴페인을 병째로 들고 마셨다. 백작의 영혼은 영국을 떠나, 지구를 떠나, 저 먼 은하계로 향하고 있었다.

"정말 개념을 안드로메다에 보낸 사람이군요. 당장 끌어냅시다!"

분위기가 험악해지자, 괴로피셔 백작은 비틀거리며 걸어와 노빈손의 등짝을 철썩 때리며 가자고 했다. 데리고 가서 하인으로나 쓸 생각이었던 것이다.

"먹을 게 이렇게 많은데 벌써 가요?"

노빈손은 엉거주춤 일어나면서 칠면조 다리를 하나 잡았다. 그런데 식탁보를 함께 잡고 일어나는 바람에 접시들이 와장창 요란한 소리를 내며 바닥으로 떨어졌다. 설상가상으로 배 속이 꾸르륵거리며 엄청난 메탄가스가 밀고 올라왔다.

"뿌부부부부붕!"

필사적으로 참았지만 대륙간 탄도미사일이 발사되는 소리
처럼 거대한 방귀 소리가 터지고 말았다. 동시에 사방으로
구릿한 냄새가 퍼져 나갔다. 일종의 테러(?)를 당한 유서 깊
은 화이트홀 궁전에는 물을 끼얹은 듯 침묵만 흘렀다.

"으으으으……."

어디선가 입술을 꼭 깨물고 화를 참는 듯한 소리가 들려왔
다. 소리의 진원지는 바로 여왕의 황금 왕좌. 여왕이 큰 무례
에 분노한 것일까?

"우하하하, 거참 맹랑한 녀석이로군!"

여왕은 궁전이 떠나갈 듯 요란한 웃음을 터뜨렸다. 여왕이
웃자, 귀빈들도 엉거주춤 따라 웃었다. 하하, 호호, 깔깔, 까
르르! 마침내 모든 사람들이 배꼽을 쥐고 웃었다. 웃음의 파
도가 몇 번 지나간 다음 너무 웃어서 눈물까지 고인 엘리자
베스 여왕이 괴로피셔 백작과 노빈손을 가까이 불렀다.

"저 아이는 누군고?"

"노빈손이라고 근본을 알 수 없는 식충이입니다."

백작은 딸꾹질을 하며 자세를 바로잡으려고 애썼다. 그토
록 고대하던 여왕과의 단독 대화의 순간에 취해 있다니! 백
작은 속이 있는 대로 상했다.

"내 어릿광대로 삼고 싶은데 내게 줄 수 없소?"

머릿속에 온통 샴페인이 출렁거리는 통에 괴로피셔 백작

코 푸는 건 괜찮아요
트림도 방귀도 입 벌리
고 하는 재채기도 영국
에서는 실례다. 하지만
큰 소리로 코 푸는 건
얼마든지 괜찮다. 영국
에서는 밥 먹는 중이거
나 수업을 받는 도중에
도 '쿵!' 소리를 내면서
코 푸는 일이 흔하다.
이는 콧물을 계속 참으
며 훌쩍거리는 소리가
더욱 불쾌하기 때문이
다. 그나저나 입을 안
벌리고 재채기를 하는
건 힘들지 않을까?

은 선뜻 대답을 하지 못했다. 웅얼거리는 백작을 대신해 노빈손이 대답했다.

"전요, 내가 가고 싶어야 가지, 누가 오라 가라 한다고 가는 사람이 아니라고요."

"오, 그래?"

엘리자베스 여왕은 감히 왕 앞에서도 할 말 다하는 노빈손이 더더욱 마음에 들었다. 평소 '협상의 달인' 이라 불리는 여왕은 웃음을 머금고 좀 더 센 미끼를 던졌다.

"내 어릿광대가 되면 날마다 오늘 같은 요리를 먹을 텐데 그래도 싫으니?"

"곧 짐을 싸죠. 택배로 부치면 되나요?"

다음 날 아침, 백작은 지독한 두통을 느끼며 텅 빈 성에서 혼자 깨어났다. 성의 구석구석에 차압을 알리는 빨간 딱지가 붙고 하인들도 모두 나가 버린 후였다.

"오 마이 갓!"

백작은 노빈손이 템스 강 앞에서 그러했듯 머리를 헝클어뜨리며 절규했다.

상위 1퍼센트,
영국의 귀족
영국에는 괴로피셔와 같은 세습 귀족이 지금도 남아 있다. 물론 인구의 1퍼센트도 되지 않는 적은 숫자이긴 하지만 말이다. 귀족은 자손 대대로 토지와 작위를 물려받으면서 놀고 먹는다. 대학을 갈 필요도, 직업을 가질 필요도 없다. 영국에서는 일반인들의 생활과 너무나 동떨어진 왕족을 두고 '푸른 피' 라는 별명으로 부른다.

여왕이 총애하는 더티 개그의 달인

그 시각 노빈손은 데이비드 백곰을 데리고 당당하게 궁으로 입성했다. 왕실 예절은 엄청나게 까다롭고 복잡했으나 여왕을 즐겁게 하는 어릿광대에게만은 예외였다.

"꺼억!"

"아이고 시원해라, 호호호."

전통적으로 왕의 광대는 모든 면에서 자유로웠다. 광대의 익살이 왕을 즐겁게 해 주고 왕 주변의 사악한 기운을 막아 준다고 믿었기 때문이다. 게다가 노빈손에게는 남들에게 없는 '필살기'가 있는데, 언제든 마음먹은 때에 트림 소리를 낼 수 있는 거였다.

"우리 빈손이 트림 소리만 들으면 십 년 체증이 다 내려간다니까. 나랏일도 술술 잘 풀릴 것 같지 않소?"

"그, 글쎄요."

신하들은 깔깔 웃는 엘리자베스 여왕 옆에서 애매하게 웃었다. 여왕은 모처럼 사람 냄새가 난다며 노빈손을 가까이 두고 여러 이야기를 청했다.

"그때 그 화장실 얘기 있지? 그거 한 번 더 해 줄래?"

겉모습과 달리 여왕은 다소 지저분한 개그에 열광했다. 특히 변비를 소재로 한 유머는 여왕뿐 아니라 왕실 전체가 좋아해서 혹시 영국인들이 단체 변비에 걸린 게 아닐까 의심스러울 정도였다.

궁전 생활에 금방 적응한 노빈손이지만 여왕의 화려한 옷 차림만은 영 적응이 되지 않았다. 드레스를 차려입은 여왕은 한마디로 움직이는 보석 상자 같았다. 한번은 노빈손이 드레스에 달린 진주를 세어 본 적이 있었는데, 120개까지 세다 포기했다.

"너무 사치스러운 거 아니에요? 옷 사 입다 왕실 돈 거덜 나겠어요."

"얘가 누굴 된장녀 취급하네. 협찬 몰라, 협찬? 미쳤다고 이걸 내 돈 주고 사 입겠니? 다 국내의 상인들이나 외국 사절들이 선물로 보내 온 거야."

노빈손은 그제야 엘리자베스 여왕의 별명이 '짠순이'인 까닭을 알 수 있었다. 유행을 좋아해서 늘 '신상'(신상품) 타령을 하는 여왕이지만 왕실 금고에서 돈을 꺼내 쓰는 일은 거의 없었다. 또한 재테크에도 열심이라 여러 회사와 선박에 개인 투자까지 하고 있었다.

"인색함이란 백성에겐 악덕이지만 군주에겐 미덕이란다. 너도 내 언니인 메리 여왕에 대한 소문 들었지? 언니가 욕을 많이 먹어서 난 두 배로 잘해야 해. 그래야 여자를 왕으로 세워도 괜찮다는 소리를 듣지."

평소엔 명랑하고 놀기 좋아하는 여왕이지만 가끔 무서울 정도로 냉철하고 두뇌 회전이 빨랐다.

"빈손아, 너도 여기 투자해 볼래? 괜찮은 금융 상품이 나왔길래 특별히 너한테만 알려 주는 거야."

"월급을 주셔야 투자를 하던가 하죠."

"참, 회의를 깜빡했네. 나중에 보자."

이처럼 여왕은 노빈손에게 총애를 아끼지 않았으나 급료만은 매우 아껴서 아직 정식으로 월급을 준 적이 한 번도 없었다.

맛있는 음식을 맘껏 먹으며 방귀만 뽕뽕 뀌던 어느 날, 백곰이 창문을 힐끗 보며 말했다.

"누가 자꾸 우리를 쳐다보는 것 같지 않아유?"

"나 같은 광대를 누가 신경 써? 넌 걱정이 많아서 털이 하얀 거야."

그러나 백곰의 말에 심장이 철렁 내려앉는 사람이 있었다. 바로 커튼 뒤에 숨어 있는 괴로피셔 백작이었다.

'자식, 생긴 것답지 않게 예리하네.'

오갈 데 없어진 백작은 궁에 취직해 노빈손의 일거수일투족을 감시하고 있었다. 목적은 다이아몬드가 박힌 노빈손의 회중시계를 빼앗는 것. 그 보석만 있으면 잃어버린 성을 되찾을 수 있을 것이라는 계산 때문이었다.

'저 시계라도 뺏어야 해. 그동안 당한 망신으로 봐선 당연한 대가야. 암!'

백작은 뿌드득 이를 갈며 노빈손의 주머니를 노려보았다.

근위병의 곰털 모자
빨간 재킷에 검정 바지, 커다란 곰털 모자를 쓴 영국 왕실 근위대는 관광객들에게 항상 인기가 많다. 문제는 이 곰털 모자다. 동물 보호 단체의 항의로 더 이상 곰털로 모자를 만들지 않기로 했는데 대체할 게 마땅치 않다. 곰털은 비를 맞아도 모양이 유지되는데 다른 털들은 축 늘어지기 때문이다. 결국 있는 거 수선해서 쓰기로 했는데, 모자를 아끼느라고 비 오는 날엔 근위대 교대식이 취소되기도 한다.

선보는 자리의 파토남

"빈손아, 오늘은 중대한 임무를 맡길 테니 잘 들어."

아침 일찍 엘리자베스 여왕이 '푸른 방'으로 노빈손을 호출했다. 거기에는 십대 후반에서 사십대 초반까지로 보이는 남자들의 초상화가 가득했다.

"이게 다 뭐예요?"

"내 신랑 후보들. 하여튼 이놈의 인기 때문에 얼마나 피곤한지 몰라."

여왕은 은근히 빼기는 목소리로 말했다.

"스물다섯 살에 여왕이 된 이후 결혼 시즌만 되면 전 세계에서 청혼자 초상화가 쏟아져 들어온단다."

'아, 사진이 없는 시대라서 초상화를 대신 보내는 거구나.'

"난 주방에 들어가 본 적은 없지만, 영국 왕실의 경쟁자들을 재료로 삼는 요리는 아주 잘한단다. 간을 맞추고 적절한 타이밍에 불을 끄는 일 말이야. 이번 요리는 특히 망치는 게 중요해. 그래서 너라는 소스가 필요한 거란다."

"좀 알아듣게 말씀해 주시면 안 될까요?"

여왕은 작전을 다시 말해 주었다.

이참에 노빈손은 평소 궁금한 것을 물어봤다.

"그런데 여왕님은 왜 결혼을 안 하세요?"

"돈 많지, 권력 있지, 온 영국이 내 말 잘 듣지. 근데 뭐가

잉글리시 브랙퍼스트라고 들어 봤나?
영국 음식은 맛이 없고 부실한 편이다. 하지만 아침식사만큼은 최고다. 그래서 생겨난 말 '잉글리시 브랙퍼스트(English Breakfast)'. 영국식 아침식사는 보통 과일 주스로 시작해 소시지, 베이컨, 달걀, 토스트 등이 기본으로 나온다. 여기에 구운 토마토나 시리얼이 추가로 나오기도 하며 커피나 홍차를 곁들여 먹는다.

아쉬워서 결혼을 하니? 난 우아한 골드미스로 평생 청혼만 받으며 살 거야. 좀 더 고차원적인 질문은 없니?"

"전 월급이 아예 없는 건가요?"

"이런, 브런치 약속을 깜빡했네. 이따 보자."

급료 얘기가 나오자 여왕은 늘 그렇듯이 재빨리 자리를 피해 버렸다.

"아뢰오. 핀란드의 왕자 에릭, 러시아의 아이작 공작, 오스트리아의 찰스 황태자, 웅가홍가 국의 으랏차차 왕자 등이 알현을 청하고 있사옵니다."

"빈손아, 바깥 물이 어떤지 좀 보고 오렴."

여왕은 알현에 앞서 노빈손을 살짝 내보냈다. 노빈손이 돌아오자 여왕은 기대에 찬 눈빛으로 물었다.

"누가 제일 잘 생겼던?"

"초상화는 순 사기예요. 웅가홍가국 왕자님은 얼굴이 쭈그렁 밤탱이던걸요?"

꽃미남을 좋아하는 여왕은 크게 실망했다. 뒤에 걸린 엘리자베스 여왕의 초상화 역시 실물보다 훨씬 아름답게 그렸는데도 말이다.

여왕이 왕좌에 앉고 노빈손이 커튼 뒤에 숨자 첫 번째 후보가 들어왔다.

"제가 여왕님을 위한 소네트를 지었습니다. 아름다운 엘리

아름다운 시 소네트를 아시나요? 소네트는 일정한 운율을 지닌 14행의 짧은 서정시이다. 소네트는 원래 음유시인들에 의해 이탈리아의 시칠리아에서 시작되었고 영국으로 건너가 16세기 엘리자베스 시대에 셰익스피어를 통해 영국풍 소네트로 인기를 누리게 된다. 이 시기의 소네트는 연애시가 주를 이루었다. 각 소네트들이 이어져 하나의 큰 이야기가 되는 것이 특징으로 셰익스피어, 밀턴, 스펜서 등의 작품이 유명하다.

자베스, 어찌 그리 예쁜가요, 하늘의 달이라도 따 드리리까,
별이라도 따 드리리까……."

핀란드 왕자가 양피지를 펼치더니 폼을 잡고 시를 읊었다.
유치한 시가 절정에 이르는 순간 여왕이 부채를 두 번 흔들
었다.

"뽀옹~."

'윽, 이 냄새는?'

왕자는 깜짝 놀라 여왕을 쳐다봤다. 여왕은 아무 일도 없
다는 듯이 근엄한 표정으로 왕자를 쳐다봤다.

"왜 그러세요, 왕자님?"

"아, 아무것도 아닙니다."

핀란드 왕자는 전혀 동요가 없는 여왕과 시녀를 보며 서둘
러 다음 대목을 읊었다.

"당신의 이마는 하늘의 달이요, 당신의 눈은 반짝이는 별
이요, 당신의 입술은……."

"꺼억!"

이번엔 트림 소리가 울려 퍼졌다. 놀란 왕자가 다시 여왕
을 쳐다보았으나 여왕은 무슨 일이 있었냐는 듯 표정의 변화
가 없었다. 아무래도 범인은 여왕 같은데 다들 시치미를 뚝
떼고 있으니 왕자는 어찌할 바를 몰라했다. 구리구리하고 시
큼털털한 냄새를 맡으며 왕자는 고개를 절레절레 흔들었다.

'아무리 영국 왕 자리가 탐난다 해도 평생 이런 냄새를 맡

머리 좋은 모임, 멘사
멘사란 라틴어로 '둥근
탁자'란 뜻이다. 아이큐
상위 2% 이내(아이큐
148 이상)의 사람만 가
입할 수 있는 천재들의
모임이다. 1964년 영국
에서 만들어져 현재
100여 개국에 10만여
명의 회원이 있다. 공식
적으로 최고 높은 아이
큐는 228이라고 한다.

고 살 순 없어.'

이후 펼쳐지는 청혼의 모습도 이와 비슷했다. 세레나데를 부르는 러시아 귀족도, 동양 난초로 만든 꽃다발을 바치던 로마 황제의 아들도, 조각배에 올라 낭만적인 무드를 연출하려던 이탈리아 왕자도 번번이 트림과 방귀에 놀라 당황하기 일쑤였다. 로맨틱한 무드는 온 데 간 데 없고 청혼자의 표정마저 관리가 안 되었다.

"이러다 저 원망하시는 거 아니에요?"

마침내 청혼자들이 모두 돌아가자 노빈손은 너무했나 싶어 여왕에게 물었다.

"다들 왕 자리를 탐내는 사람들뿐인데 뭐. 어쨌거나 네 트림과 방귀는 중요한 외교적 기능을 했기에 특별히 포상을 마련했다."

"와, 정말요?"

"그래. 너의 그 없어 보이는 헤어스타일이 늘 맘에 걸렸거든. 여기 가서 럭셔리한 놈으로 하나 골라 봐. '노빈손 남작' 체면에 걸맞게."

"남작이라고 하셨어요?"

남작은 귀족 중 가장 낮은 작위다. 그 위로 자작 · 백작 · 후작 · 공작이 줄줄이 있으나 어쨌거나 귀족인 것이다.

"진정한 귀족의 권위는 가발에서 시작되는 법. 내가 데리고 있다가 독립한 헤어 아티스트니까 잘해 줄 거야."

여왕이 내민 양피지에는 '미달사순의 가발상점 – 어떤 두상도 어울립니다' 라는 문구 아래 상점 주소가 적혀 있었다.

다음 날 노빈손은 여왕이 준 '공짜 쿠폰' 을 내밀고 멋진 주황색 가발을 맞췄다. 뒤에 동전만 한 땜통이 있었지만 잘 가리면 티 나지 않았다.

애프터눈 티와 정치 토론

"어라, 비가 오네?"

모처럼 궁 밖에 나선 노빈손은 건물 처마로 피했다. 하루에 사계절을 볼 수 있다는 영국 날씨는 화창하다가도 순식간에 돌풍이 불고 비가 내렸다.

"우산도 없는데 꽤 굵직하게 오네유."

백곰도 근심스럽게 하늘을 쳐다보며 말했다.

"어 이거 노빈손 아냐? 오랜만에 차나 한잔 할까?"

뒤돌아보니 가발 상점에서 만난 해머 판사였다. 판사라는 직업상 가발을 자주 쓰는 그는 머리숱이 적다는 공통점으로 인해 노빈손과 금방 친해졌다. 판사는 최근에 나온 탈모 예방법에 대해 말하면서 두 사람을 단골 카페로 이끌었다.

따뜻하게 데운 찻잔과 차 주전자, 스콘이 나왔다. 판사는 우유를 먼저 붓고 차와 설탕을 넣어 밀크티를 만들더니 맛있게 홀짝거렸다.

"음, 역시 쌀쌀한 날엔 따끈한 홍차가 최고지. 안 그래?"

자기 몫의 스콘을 해치운 판사는 노빈손에게 충고를 했다.

"난 자네같이 씩씩한 젊은이가 왜 여왕의 어릿광대로 사는지 모르겠어. 아르바이트 자리 좀 알아봐 줄까?"

"하지만 식사도 맛있고 여왕님도 좋은 분이세요."

"솔직히 말해 왕실이 나라를 좌지우지하는 건 옳지 않아."

해머 판사는 비밀 이야기를 하듯 목소리를 한 톤 낮췄다.

"항상 엘리자베스 여왕같이 좋은 왕만 있는 건 아니잖나? 그러니 왕도 법을 따라야지. 런던에 나와 같은 생각을 하는 사람이 꽤 많다네."

"웃기시네. 그 반대인 사람이 훨씬 많다고."

갑자기 뒤에 앉은 사람이 이야기에 불쑥 끼어들었다. 그는 왕당파의 대표 알버튼 경이었다.

"이보게, 출세하고 싶으면 의회파와는 상종하지 않는 게 좋을 걸세."

"이 자식, 망치로 맞아 볼래?"

어디에나 재판용 망치를 들고 다니는 해머 판사가 벌떡 일어나자 분위기는 순식간에 험악해졌다.

"넌 어릴 땐 안 그러더니 갈수록 왜 그 모양이냐?"

"너야말로 작위 좀 받았다고 왕실 앞잡이가 돼? 부끄러운 줄 아셔."

놀랍게도 두 사람은 아는 사이였다. 노빈손은 어릴 적 동무가 다른 신념을 갖게 돼 틈만 나면 싸운다는 사실을 깨달았다.

"내일 모레 시합에서 두고 보자!"

"흥! 누가 할 소리. 공 대신 네 놈의 머리통을 힘차게 걸어차 줄 테다!"

노빈손이 서로 멱살을 잡은 두 사람을 말려 봤지만 소용없었다.

"누가 우리 주인님을 건드리지유!"

그때까지 있는 둥 없는 둥 빵만 먹던 백곰이 벌떡 일어났다. 불빛을 받은 백곰의 그림자가 집채만 하게 커지자 두 사람은 자라목이 되어 소심하게 말했다.

"아니, 우린 그냥 축구 시합에 꼭 오라고……."

여전히 멱살은 놓지 않은 채였다.

의회파 대 왕당파의 친선 축구 시합

'축구의 종가, 영국에 와서 시합을 보긴 보는구나.'

궁에서 외출 허락을 얻은 노빈손과 백곰은 경기장이 있다는 런던 외곽 공터로 향했다. 노빈손은 정통 영국 축구를 볼 생각에 마음이 설레었다.

도착해 보니 축구장은 허술하기 짝이 없었다. 그라운드도 제대로 그려져 있지 않았고 심지어 골대에는 그물도 없었다.

"왜 골대에 그물이 없어요?"

"어부도 아닌데 축구장에서 그물을 왜 찾니?"

노빈손은 새삼스럽게 과거로 온 사실을 실감했다. 자세히 보니 골대 뒤에 그물 대신 볼보이가 한 명 서 있었다. 골이 나오면 냉큼 뛰어가 주우려는 것이다.

왕당파와 의회파

왕당파는 왕권을 옹호하고 확장하려는 사람들이 무리를 이루어 만든 당이며, 의회파는 왕권에 반대하며 의회의 힘을 키우려는 당이다. 의회파와 왕당파가 본격적으로 갈리게 된 건 찰스 1세와 의회의 대립 때문에 생긴 청교도 혁명 때부터다. 엘리자베스 1세가 다스리던 시대에는 의회의 힘이 없었으며, 왕권과 사법권이 일치하던 때였다.

그때 알버튼 경이 파란색 유니폼을, 해머 판사가 빨간색 유니폼을 흔들며 노빈손을 불렀다.

"어서 와. 자네도 뛰게."

"그러지 말고 이리 와. 왕실 소속은 이쪽이라고!"

각각 다른 색깔의 유니폼을 흔드는 두 사람을 보며 잠시 고민하던 노빈손은 해머 판사의 빨간색 유니폼을 받았다. 잠시 후 주심이 호루라기를 불었다.

"지금부터 왕당파 대 의회파의 축구 경기를 시작하겠습니다!"

"와!"

시작하자마자 양쪽 선수들은 우르르 달려가 닥치는 대로
엉켜 붙었다. 공격수, 수비수도 따로 없이 뺑뺑 공을 차고 냅
다 뛰었다. 다들 공에는 별 관심이 없고 그저 미운 놈 종아리
걷어차기에 여념이 없었다.

"거치적거리지 말고 저리 비켜!"

누군가 노빈손의 코를 팔꿈치로 퍽 치고 갔다. 코를 쓱 닦
는데 새빨간 피가 묻어났다. 두 줄기 쌍코피가 터진 것이다.

"주인님!"

이 모습을 본 백곰이 울부짖으며 경기장에 뛰어 들어왔다.
뒤늦게 해머 판사가 의회파 선수 한 명을 교체해서 백곰도
얼렁뚱땅 시합을 뛰게 됐다.

"세상에, 이게 뭔 일이래유? 전쟁 난 줄 알것슈."

백곰이 건네 준 솜으로 코를 틀어막은 노빈손은 뒤에 처져
서 어슬렁거리는 왕당파 선수를
붙들고 물었다.

"이거 축구 맞아요? 혹
시 럭비 아니에요?"

"원래 축구는 남 걸
어차는 맛에 하는 거잖
아. 우리 같은 약골은 뒤에 처져 있다
가 나중에 교체해 달라고 하는 게 상
책이야."

아닌 게 아니라 벌써 무수한 사람들이 들것에 실려 나갔다. 선수 교체를 하느라 해머 판사의 망치가 쉴새없이 땅땅 소리를 냈다. 왕당파 쪽도 마찬가지였다.

"골! 왕당파 첫 골!"

경기를 시작한 지 십 분 만에 왕당파 선수가 첫 골을 뽑았다. 골을 보자 정신이 번쩍 돌아온 노빈손은 신발을 고쳐 신고 머리띠를 단단히 묶었다.

'까짓 쌍코피까지 터진 거, 반칙 축구의 정수를 보여 주지. 이제부터 시작이라고!'

노빈손은 자신만 졸졸 쫓아다니는 백곰을 불러 지시를 내렸다.

"이제부터 넌 무조건 나를 방어해. 알았지?"

아버지의 성화에 못 이겨 몇 번 나갔던 조기 축구의 경험을 살려 노빈손은 먼지구름 바깥으로 흘러나온 공을 놓치지 않고 잡아챘다. 예상대로 서너 명의 왕당파 선수들이 한꺼번에 달려들었다. 그러자 백곰이 우리에서 뛰쳐나온 식인 곰처럼 소리를 지르며 노빈손을 번쩍 들어 어깨에 무등을 태웠다.

"골대로 달려!"

백곰은 그 말에 주문이라도 걸린 듯 노빈손을 태운 채 골문 앞까지 달렸다. 공을 가랑이 사이에 끼고 있는 노빈손과 두 다리를 단단히 잡은 채 달려가는 두 사람의 합체는 괴상하고 위협적인 모습이었다.

“막아!”

왕당파 수비수들은 어떻게든 막으려 했으나 백곰의 발길질 몇 번에 가을 낙엽처럼 픽픽 쓰러졌다. 왕당파 골키퍼가 사시나무 떨 듯 떠는 가운데 백곰은 조심스레 노빈손을 내려놓았다. 노빈손은 심호흡을 하고 골대를 향해 공을 찼다.

“골! 노빈손 선수의 만회 골입니다.”

이것을 시작으로 두 사람의 콤비 플레이가 화려하게 펼쳐졌다. 백곰은 엄청난 박력으로 앞을 가로막는 왕당파 선수를 쓸어 버렸고, 그 사이에 노빈손이 드리블을 하고 달려가 슛을 쐈다.

“골! 이번에는 데이비드 백곰의 프리킥!”

노빈손과 백곰은 공을 주고받으며 발리슛, 오버헤드킥, 터닝슛 등 슛이란 슛은 죄다 쓸어 넣으며 묘기 대행진을 벌였다. 경기는 12 대 1로 의회파의 완승이었다.

“만세, 우리가 이겼다!”

의회파는 노빈손과 백곰을 헹가래 치며 함성을 질렀다. 응원단들도 서로 얼싸안고 좋아했다. 왕당파에게 열아홉 경기 동안 연속으로 지다가 이겼기 때문에 더욱 짜릿한 승리였다.

모두 모여
공 차고 놀자~!

안녕하세유! 바느질을 좋아하는 미드필더, 데이비드 백곰이구만유. 노빈손 주인님을 따라다니다 보니께 어느새 축구 선수로 지내고 있는디유, 영국이 축구 종주국인 건 다 아시쥬? 이제부터 지와 함께 영국 축구에 풍덩 빠져 보실래유?

1. 영국 축구의 역사

축구가 생기기 전에 영국 사람들의 놀이

축구가 나오기 전에 영국 사람들은 이러고 놀았대유. 정말 별나게도 놀았네유.

1. 곰을 쇠사슬로 묶고 끓려 먹기
2. 수탉, 개에게 돌과 막대기 던지기
3. 기름칠 한 장대 오르기
4. 비누칠 한 돼지 잡기
5. 자루 뒤집어쓰고 뜀뛰기

축구의 유래

그러다 8세기경에 축구가 나왔는디, 여기엔 몇 가지 설이 있슈.

1. 농부들이 수확을 끝낸 후 들판에서 돼지 오줌보에 바람을 넣어 차고 놀았다.
2. 바이킹 족과 싸워 이긴 색슨 족 전사들이 바이킹 족의 해골을 축구공 삼아 차고 놀았다.
3. 공을 가지고 하는 로마의 군대 스포츠가 영국 침략시 전파됐다.
4. 데인 족(덴마크에 살고 있던 노르만 인)의 침입을 물리친 것을 기념하기 위해 생겼다.

초기 축구의 모습

초기의 경기는 완전 난장판이었쥬. 원칙도 없고 자기 마음대로 뻥뻥 차면 되는 것이었으니께유. 하도 사람들이 다치고 난리가 나자 14세기 초에 축구 금지령이 내려진 적도 있대유.

하지만 하지 말라는 짓은 더 하고 싶은 게 인간의 본능 아니것슈? 그래서 축구는 마을별로, 학교별로 계속 퍼져 나갔더랬쥬.

마침내 규칙이 생기다

18세기 초에는 여러 개의 사립 고등학교 축구 팀들이 경쟁을 했어유. 그런데 경기 규칙이 다 다르니께 소동이 났쥬. 그래서 1843년에 케임브리지에 모인 윈체스터, 이튼 등 사립학교 대표들이 축구 규칙을 만들었쥬. 이때부터 축구는 페어플레이 정신을 강조하는 하나의 문화가 된 거예유.

축구협회(FA)의 탄생과 여자 축구팀

1863년 런던의 몇몇 클럽 팀이 모여 최초의 축구협회(The Football Association, 줄여서 FA)를 조직했어유. '진정한 스포츠맨은 승리를 원하지만, 승리보다 명예를 위해 싸운다' 이런 멋진 말도 나왔쥬. 참말로 영국 신사다운 말이쥬?

협회가 생기고 27년 후, '네틀 허니볼' 이라는 여성 축구 팀이 생겨났어유. 하지만 FA는 여자가 축구하는 건 말도 안 된다고 생각했대유. 여자 축구 클럽의 인기가 높아지니께 샘이 나서 그랬나 봐유!

쉬는 날엔 뭐하세요? 공 차고 놀아요!

산업혁명 초기에 노동자들은 하루에 무려 12시간이나 일을 했대유. 그러니 다들 쓰러져 자기 바쁘지 않았것슈? 그러다 1847년에 10시간 노동법이 통과되고, 19세기 후반에는 토요일엔 4시간만 일하는 거로 바뀌었쥬. 그때부터 축구는 토요일 오후에 즐길 가장 좋은 스포츠가 된 거예유.

축구의 상업화

19세기부터는 직업이 축구 선수인 사람들이 나와유. 모든 사람이 공 차는 걸 좋아한 건 아니지만, 그걸 보는 건 모두 좋아했었으니까유.

영국은 여가 시간이 많고 교통이 발달한 데다 신문도 많아서 축구가 상업화되기에 여러 모로 조건이 딱 좋았쥬. 사람들은 쉬는 날 기차를 타고 축구 경기장에 오면서 경기에 대한 기사가 실린 신문을 봤슈. 그러면서 자연스럽게 축구는 영국에서 가장 인기 많은 스포츠로 자리 잡게 된 거예유.

잉글랜드 프리미어 리그

잉글랜드 프리미어 리그(줄여서 EPL)는 1888년에 12개 팀으로 출발한 영국 프로축구 리그의 공식 명칭이에유. 영국엔 총 4부 리그가 있는데 각 리그에 20개씩 팀이 있어유. 1부 리그 격인 프리미어십 리그에는 리버풀, 대한민국의 박지성 선수가 뛰고 있는 맨체스터 유나이티드, 아스날, 첼시, 뉴캐슬 유나이티드 같은 유명한 구단들이 들어가 있쥬.

한동안 리버풀이 독주하다가 데이비드 베컴을 내세운 맨체스터 유나이티드가 내리 우승을 하더니, 최근엔 자금력을 바탕으로 한 첼시가 신흥 명문 구단으로 떠오르고 있슈. 맨체스터 유나이티드 응원단을 '붉은 악마'라고 부르는데, 한국 국가대표 응원단도 똑같은 이름으로 불린다면서유?

맨체스터 유나이티드 홈구장

축구를 넘어선 스타, 데이비드 베컴

베컴은 프랑스의 지단, 브라질의 호나우두와 더불어 이 시대 가장 유명한 축구 스타 중 한 명이쥬. 뛰어난 축구 실력과 배우 못지않은 외모로 소년뿐 아니라 소녀 팬들도 축구 경기를 보게 만들었슈.

베컴은 1991년 맨체스터 유나이티드의 유소년 팀에서 뛰었슈. 그러다가 1996년 FA컵 준결승전에서 결승골을 기록하고, 96/97시즌 개막 경기에서 무려 60야드짜리 골을 터트리면서 일약 유명 스타로 떠오르쥬. 1999년에는 피파(FIFA) 선정 '올해의 선수'도 되고, 맨체스터 유나이티드의 리그 우승을 이끌었슈.

지금은 미국의 LA갤럭시 구단에 입단해 뛰고 있슈. 베컴의 실력과 스타성은 축구사에 길이 남을 거예유.

2. 영국 축구의 희한한 기록들

1. 최장신 선수의 공 깔고 앉아 버리기

노츠 카운티의 골키퍼 알버트 아이레몽거의 키는 2.03m였대유. 이 선수는 심판 판정이 석연치 않으면 경기 중에 구장 한가운데서 축구공을 깔고 앉아 꿈쩍도 하지 않았대유.

2. 뚱뚱한 선수와 마른 선수

기록상 가장 뚱보 선수는 몸무게가 140kg 나가는 셰필드 유나이티드의 폴크래유. 반면 가장 말라깽이 선수는 셀틱의 팻시 갤리거로 몸무게가 45kg밖에 안 나갔대유.

3. 최고령자

스탠리 매튜스는 50살까지 현역으로 뛰다 은퇴했슈. 참말로 대단하쥬? 스토크 시티에서 뛰던 이 선수는 영국 스포츠 스타들 중 최초로 기사 작위를 받은 사람이기도 해유.

4. 2골 2자살골

1923년 맨체스터 유나이티드의 새미 와인 선수는 패널티킥과 프리킥으로

2골을 넣었지만 자살골을 2골이나 추가해 2 대 2 무승부로 만들었대유.
지 혼자 북 치고 장구 치고 다 한 거쥬.

5. 희한한 유니폼

1879년 '셰필드 줄루' 라는 팀은 경기를 할 때마다 아프리카의 줄루 족 분
장을 하고 뛰었어유. 상상만 해도 웃겨 죽어유.

6. 안 빨아 입기

웨일스 국가대표 팀 골키퍼 딕 로즈는 23경기 내내 딱 한 벌의 셔츠만 입
었대유. 흐미, 냄새가 엄청났겠슈.

그 외 영국의 인기 스포츠

크리켓

흰 옷을 입고 넓적한 배트로 공을 치고 달리는 크리켓은 야구의 원조 모델
이 된 운동 경기예유. 규칙이 하도 복잡해서 경기 룰을 두고 '문자로 만들
어진 가장 신비한 미스터리' 라는 말이 나올 정도지만, 영국이나 영국 식민
지였던 나라들은 지금도 무척 즐기고 있쥬.

폴로

'왕의 경기' 라고 통하는 폴로는 부자들이 돈을 쓰기 위해 하는 고급 스포
츠예유. 한 팀이 4명으로 구성된 2팀이 각각 말을 타고 스틱으로 볼을 쳐
서 상대편 골에 볼을 넣는 경기지유. 오른손으로는 스틱을, 왼손으로는 말
을 다루기 때문에 사람과 말이 일체가 되어야 한다네유.

테니스

테니스는 오랫동안 영국인의 사랑을 받아 왔슈. 특히 영국의 남서부 지방
에서 열리는 윔블던 대회는 120년이 넘는 전통 있는 대회로, 잔디 코트에
서 개최되는 유일한 대회예유. 여왕이나 왕족이 관람석의 로열박스(귀빈
석)에 앉거나 자리를 뜰 때는 선수들이 인사를 해야 한다고 하네유.

도난당한 마그나 카르타

"정말 멋진 경기였어!"

가까운 펍에 들어간 의회파 사람들은 노빈손과 백곰에게 엄지손가락을 치켜들었다.

"왕당파 놈들 코가 납작해진 거 봤어?"

"얼마 만에 맛보는 승리냐. 오늘 같은 경기를 또 할 수 있다면 재산의 반을 날려도 좋아."

"자자, 노빈손과 데이비드 백곰을 위해 건배합시다."

"건배!"

모두들 콸콸 넘치도록 따른 맥주잔을 높이 들었다.

노빈손은 이 자리에서 많은 사람들을 소개받았다. 양초 제조업자 스펜서 씨, 케임브리지의 수학자 트레이시 씨, 의사인 지킬 박사와 푸줏간을 하는 하이드 씨 등 모두 왕실에서는 볼 수 없는 사람들로 가난하지만 학식이 높거나 남다른 분야에서 성공한 사람들이었다.

"노빈손, 우리 축구회에 들어오게. 토요일마다 친선 시합을 한다네."

"무슨 소리! 내가 먼저 찍었다고. 웨스트햄엔 자네 같은 선수가 필요하네."

"데이비드 백곰이라도 우리 팀으로 보내게. 마침 미드필더가 부상이거든."

66

비록 아마추어 구단이지만 여기저기에서 노빈손과 백곰을 탐냈다. 모두들 배가 터지도록 피시 앤드 칩스를 먹으며 즐거운 시간을 보냈다.

분위기가 무르익자 화제는 정치 토론으로 옮겨 갔다.

"요는 이거야, '누가 국가 경비를 낼 것인가?'. 그런데 귀족이 언제 자기 돈 쓰는 거 봤나?"

"뼈 빠지게 일해서 낸 세금으로 귀족들만 흥청망청하는 꼴은 보고 싶지 않아."

"우린 이미 삼백 년 전에 대헌장을 만들었어. 이젠 한 발 더 나가야 돼."

"대표 없는 곳에 세금 없다!"

대헌장 이야기가 나오자 갑자기 모두 잔을 높이 들고 구호를 외쳤다. 역시 의회 민주주의가 꽃핀 나라답게 정치 토론이 활발했다.

"큰일 났습니다. 누가 마그나 카르타를 훔쳐 갔어요!"

문이 벌컥 열리면서 한 남자가 뛰어 들어와 소리쳤다. 해머 판사의 집사 알프레도였다.

"뭐라고? 마그나 카르타가!"

장내는 벌집을 쑤셔 놓은 듯 난리가 났다. 해머 판사는 한 번도 손에서 놓은 적이 없는 망치를 떨어뜨리고는 털썩 주저 앉았다. 옥스퍼드 수학자 트레이시 씨가 일단 펍의 문을 걸어 잠그라고 소리쳤다.

대헌장, 마그나 카르타

존 왕은 툭하면 신하들의 재산을 뺏고, 전쟁에 나가면 만날 깨지고, 로마 교황에게 파문까지 당한 말썽꾸러기 왕이었다. 이에 더는 못 참고 귀족들이 반란을 일으키자 존 왕은 하는 수 없이 의회에 손을 벌려야 했다. 이때 의회는 '왕이라고 함부로 세금을 걷지 말 것', '재판 없이 체포하지 말 것' 등이 적힌 문서에 도장을 찍게 했다. 이게 1215년에 작성된 대헌장, 마그나 카르타이다.

"마그나 카르타가 없어졌다는 사실을 절대로 왕당파가 알면 안 됩니다. 소문이 퍼지기 전에 당장 찾아와야 해요."

모두들 그의 말에 고개를 끄덕였다.

"범인은 아직 집 안에 있을 겁니다. 드나든 사람도 없고, 제가 한 사람도 집 밖으로 나가지 못하도록 했거든요."

집사의 말에 다행이라는 듯 다들 가슴을 쓸어내렸다.

"자, 갑시다!"

"어디로요?"

"영국인이라면 이럴 때 누구에게 가야 하는지 잘 알고 있지. 바로 명탐정 실룩 홈스야!"

죽지 마! 셜록 홈스
셜록 홈스는 영국의 소설가 아서 코난 도일이 쓴 추리소설의 주인공이다. 1887년 처음 등장한 소설 속의 홈스는 큰 키에 깡마른 체구, 살집 없는 매부리코를 가졌고 승마용 모자에 파이프를 물고 있는 것으로 묘사되고 있다. 전 세계에서 가장 인기 많은 명탐정 홈스는 코난 도일의 스물네 번째 작품 『최후의 사건』에서 죽음을 맞이한다. 독자들은 검은 리본을 달고 다니며 출판사에 항의했고, 신문 1면에까지 부고 기사가 났다.

실룩 홈스를 찾아가다

이렇게 재미있는 일을 놓칠 노빈손이 아니었다. 노빈손은 궁으로 돌아가자는 백곰을 달래 의회파 사람들과 함께 마차에 탔다. 마차는 안개가 자욱한 런던 시내를 뚫고 허름한 베이커 가 221b번지 앞에 섰다.

"실례합니다. 여기가 무릎이 닿기도 전에 사건을 파악하신다는……."

"파팍!"

해머 판사의 말이 끝나기도 전에 팍 소리가 나면서 2층 전

체의 불이 꺼졌다. 잠시 후 촛불을 든 점잖은 신사가 일행을
맞았다.

"죄송합니다. 홈스가 전기 실험을 하다가 정전이 됐어요.
전 왓삼이라고 합니다."

"나에게 사건을 줘. 가장 복잡한 사건을!"

안에서 쩌렁쩌렁한 목소리가 들려왔다. 살집 없는 매부리
코와 날카로운 수염을 가진 남자가 의뢰인을 위아래로 훑어
보았다.

"이륜마차를 타고 오시느라 고생하셨습니다. 자네는 마부
옆 좌석에 앉아 오느라 힘들었지?"

노빈손은 화들짝 놀랐다. 이륜마차야 그렇다 쳐도 어떻게

앉은 좌석까지 알아맞힐 수 있단 말인가?

"왼쪽 소매에 마르지 않은 진흙이 일곱 군데나 튀어 있네. 그런 식으로 흙이 튀는 건 이륜마차에 탔을 때, 그것도 마부의 왼편에 앉았을 때뿐이거든. 자, 이제 사건을 말해 보게."

실룩 홈스는 수염을 실룩거리며 재미있다는 듯 말했다.

"축구 시합을 하러 간 때였어요. 그 틈에 벌어진 사건인데……."

집사가 나서서 사건 설명을 했다. 마그나 카르타는 해머 판사의 서재 비밀 금고에 들어 있었다. 서재에 드나든 사람은 여비서와 청소부, 그리고 변호사뿐이었다. 청소를 하러 올라간 하운드 부인이 방금 전까지 닫혀 있던 금고 문이 활짝 열려진 것을 발견했고, 거기서 종이 한 장을 주웠다.

"이것 말입니까?"

판사에게 종이를 건네받은 실룩 홈스는 윗입술을 실룩거렸다. 아무것도 쓰여 있지 않은 백지였다. 실룩 홈스는 침착하게 관찰하더니 촛불 가까이에 종이를 갖다 댔다. 그러자 놀랍게도 글자가 나타났다.

"오렌지 즙으로 쓴 다음 말린 겁니다. 불에 가까이 대면 이렇게 글자가 보이죠."

거기에는 이렇게 쓰여 있었다.

장난꾸러기 코난 도일

안과 의사였던 코난 도일은 찾아오는 환자가 하도 없어서 심심한 나머지 추리 소설을 쓰기 시작했다고 한다. 소설도 잘 썼지만 장난기도 무척 많았던 이 '추리 소설의 아버지'는 어느 날 친구들에게 '탄로가 났어. 얼른 튀어!'라고 적은 전보를 돌렸다. 다음 날 그의 전보를 받은 사람 중에 집에 남아 있던 사람은 하나도 없었다나? 다들 찔리는 데가 많았던 모양이다.

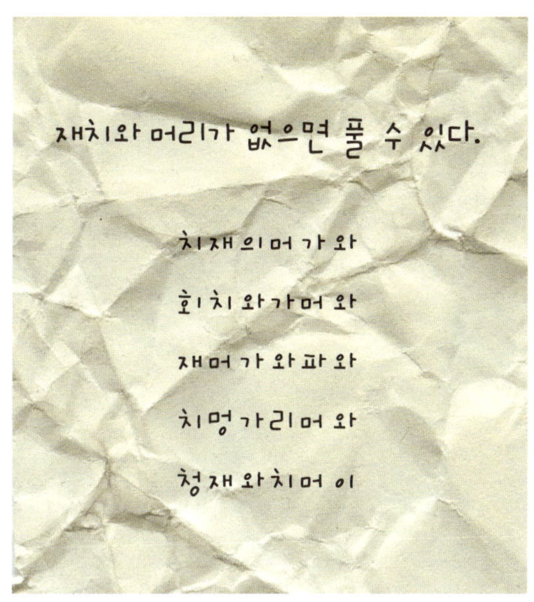

"이 무슨 스톤헨지 쓰러지는 소리람."

"노빈손 네가 풀어 봐. 넌 재치도 없고 머리도 나쁘잖아."

누군가의 말에 발끈한 노빈손이 종이를 얼른 뺏어 들었다.

"제 아이큐가 얼만데 그런 말씀을 하세요?"

여기서 밀리면 안 될 것 같아 노빈손은 젖 먹던 힘을 짜내 잔머리를 굴렸다. 한동안 침묵과 함께 깃털 펜을 돌리다 툭 떨어뜨린 노빈손은 엄청난 힌트를 얻었다. 바로 깃털 펜이 가리키는 글자를 지워 본 것이다.

"알았어요! 재치와 머리가 없으면 돼요."

빈손은 '재', '치', '와', '머', '리', '가' 글자를 모조리 작대기로 긋고 보여 주었다.

미스터리한 돌 유적, 스톤헨지

스톤헨지는 '공중에 걸쳐져 있는 돌'이라는 뜻이다. 그중에서도 영국 솔즈베리 평원에 있는 것이 가장 유명한데, 높이 8미터에 무게 50톤에 달하는 돌 80여 개가 둥글게 늘어서 있다. 그중 하나는 해 뜨는 방향을 정확히 가리키고 있다. 고대인들은 이런 걸 왜 만들었을까? 거대한 컴퓨터 기능을 했다거나, 천체 관측용이라거나, 외계인이 착륙장으로 건설했다는 등의 설들이 분분하지만 밝혀진 바는 없다.

"의. 회. 파. 멍. 청. 이? 놈은 우릴 모욕하고 있어!"

"호오, 제법인데? 그 정도면 내 조수가 될 자격이 있어."

실룩 홈스는 왕진을 나간 왓삼 대신 노빈손을 데리고 현장에 가 보겠다고 말했다.

세 명의 용의자

서재에 드나든 사람들은 홈스의 면담을 기다리고 있었다. 노빈손도 조수 자격으로 홈스 옆에 서서 면담을 지켜봤다.

가장 먼저 여송연을 든 변호사가 들어왔다.

"금요일 공판 일정을 조정하려고 들른 겁니다. 서재에는 십 분밖에 안 머물렀을걸요?"

몇 마디 대화를 나눈 후 변호사가 나가자 실룩 홈스가 노빈손의 어깨를 툭 쳤다.

"뭔가 냄새가 나지 않아?"

"많이 나요? 살짝 뀌었는데."

노빈손은 부끄러운 듯 얼굴을 붉혔다. 자신이 생각해도 좀 심하게 구린 가스가 나는 것 같았다.

"네 방귀 말고 저 변호사 말이야."

"왜요?"

"저 변호사의 여송연이 얼만 줄 알아? 아마 내 한 달 수입

담뱃잎을 돌돌 말아 만든 여송연

1492년 콜럼버스가 탐험을 하다가 섬의 원주민이 담뱃잎을 말아서 피는 것을 보았는데 이것이 전파되어 지금의 담배가 되었다. 여송연은 담뱃잎을 썰지 않고 통째로 돌돌 말아서 만든 담배다. 주요 수요지는 여송연용 잎담배의 산지인 쿠바와 필리핀 지역, 주요 제조지인 유럽과 미국 등이다. 한국은 일부 애호가들만 여송연을 필 뿐 대중적이지 않다.

보다 높을 거야. 그런 사람이 고무 밑창을 갈아 낀 구두를 신고 있더군."

"우아! 정말 족집게, 아니 명탐정이네요. 그럼 겉만 번지르르한 상태라 이거죠?"

비서 에이미 양이 들어오는 바람에 거기서 둘의 대화는 끊겼다. 에이미 양은 굽이치는 금발과 깊은 초록색 눈동자를 가진 미녀였다.

"전 서재 옆 제 사무실에 있었어요. 커피를 가지러 나왔다가 하운드 부인의 비명에 얼른 뛰어 올라왔지요."

"알겠습니다. 실례지만 급료는 얼마나 되십니까?"

"나쁘지 않아요. 주급 2실링쯤 됩니다."

두 번째 면담자도 물러났다. 마지막으로 청소를 하는 하운드 부인이 들어왔다.

"오전에 청소를 해야 하는데 그날 일이 있어 정오에 올라갔더니 아 글쎄, 누가 후다닥 달아나지 뭐예요? 가 보니, 책이 흩어져 있고 금고가 열려 있었어요. 그래서 냅다 집사님을 불렀죠."

면담을 마친 실록 홈스는 거실로 나가 기다리던 사람들에게 말했다.

"잠시 티타임을 갖고 수사를 계속하겠습니다. 전 서재를 살펴보고 오겠습니다."

홈스는 노빈손에게 눈짓을 보냈다. 신호를 본 노빈손은 백곰과 함께 어디론가 사라졌다.

모두 얼떨떨한 표정으로 거실에서 차를 마시고 있는데 누군가 현관문을 두드렸다.

"제임스 해머 판사께 배달이 왔습니다."

흙투성이 부츠를 신고 소포를 든 마부 한 명이 거실로 올라갔다. 거실 양탄자를 밟기 전, 마부는 쾅쾅 소리 나게 신발에 묻은 흙을 털었다.

"신호야. 어서!"

한편 1층 복도에서 대기하고 있던 노빈손과 백곰은 양철통 속 지푸라기에 불을 붙였다. 물에 젖은 지푸라기에서 엄청난 연기와 매캐한 냄새가 났다. 두 사람은 목이 터져라 외쳤다.

"불이야, 불이야!"

그러자 건물 여기저기서 사람들이 대피하는 큰 소동이 벌어졌다. 사람들이 복도로 뛰어나오자 노빈손은 얼른 준비한 물을 부어 불을 껐다. 사람들은 노빈손과 백곰에게 무슨 짓이냐며 화를 냈다.

"실룩 홈스 선상님, 말 좀 해 줘유!"

"그 양반은 서재에 계시잖나."

"전 여기 있습니다."

마부가 조용히 모자를 벗었다. 그는 다름 아닌 콧수염을 밀어 버린 실룩 홈스였다.

“이제 사건이 풀렸습니다.”

모두들 홀린 듯 쳐다보는 가운데 실룩 홈스는 거실에 걸린 그림 액자를 향해 뚜벅뚜벅 걸어가더니 뒤에서 무언가를 꺼냈다.

“마그나 카르타! 이걸 어떻게 찾았나?”

“저분께서 알려 주시더군요.”

실룩 홈스의 손가락이 누군가를 가리켰다.

“처음엔 그레이엄 씨를 유력한 용의자로 봤습니다. 그런데 두 번째 인물의 허세도 만만찮더군요. 주급 2실링을 받는 아가씨가 값비싼 목걸이를 하고 있는 건 최근에 거액이 생기지 않고는 불가능한 일이겠죠.”

에이미 양의 얼굴에서 핏기가 사라졌다.

“좀 더 확실한 증거를 찾기 위해 함정을 팠습니다. 사람은 불이 나면 본능적으로 자신에게 소중한 것에게 달려가잖습니까? 다들 복도로 도망치는데 에이미 양만 곧장 액자로 가더군요. 소란이 잦아들자 얼른 사람들 쪽에 섞였지만 전 똑똑히 봤습니다.”

“변장은 왜 하신 거예요?”

“탐정이 한방에 있으면 함부로 움직이지 않을 것 아닙니까? 또, 변장은 제 취미이기도 하고요. 이제 에이미 양의 진술을 들어 볼 차례입니다. 누가 마그나 카르타를 훔쳐 달라고 했습니까?”

감쪽같은 홈스의 변장
'홈스는 겉모습만 변장한 것이 아니었다. 그는 분장한 인물에 따라 표정과 태도, 인품 자체까지도 완전히 달라진 듯했다. 그가 범죄 전문가가 되기로 했을 때 연극계는 뛰어난 배우 한 사람을 잃었다.' 왓슨 박사의 말이다. 홈스는 수사를 위해 선장, 목사, 아편 중독자, 노인, 부랑자 등 다양한 사람으로 변장했다. 심지어는 3일 내내 굶고 다 죽어 가는 환자로 변장해 친구인 왓슨 박사까지 속이기도 했다.

고개를 푹 숙인 에이미 양의 속눈썹이 가늘게 떨렸다.

반역자가 된 노빈손

다음 날 런던 시내는 '도난당한 마그나 카르타, 돌아오다' 라고 적힌 전단지가 뿌려졌다. 거기에는 아름다운 범인의 얼굴과 알버튼 경을 비롯한 왕당파 당원들의 이름이 적혀 있었다.

"우린 이만 궁으로 돌아가야겠어요."

모든 사건이 마무리되자 노빈손과 백곰은 사람들에게 인사를 했다.

"언제든지 돌아오게나. 일자리는 알아봐 주겠네."

해머 판사는 아쉬워하며 노빈손에게 악수를 청했다. 의회파 사람들의 배웅을 받으며 노빈손과 백곰은 화이트홀 궁전으로 향했다.

궁전에 도착한 노빈손은 외출증을 내밀었다. 그런데 신분을 확인한 문지기가 창으로 두 사람을 가로막았다.

"나 몰라? 노빈손 남작이라고. 여왕님 전속 어릿광대."

"다른 곳으로 모시라는 명령입니다."

경비병은 정문 옆의 허름한 마차를 가리켰다.

"뭐지? 여왕님이 뭘 또 시키시려나?"

노빈손이 먼저 마차에 오르자 철컹! 소리를 내며 문이 밖에서 잠겼다. 깜짝 놀란 백곰이 마차 문을 탕탕 쳤다.

"지는 안 탔는데유? 주인님 가는 데는 지도 가야 돼유!"

"노빈손만 오라는 분부다. 넌 꺼져!"

예상치 못한 상황에 노빈손은 심장이 덜컹 내려앉았다. 더구나 마차에 오르자마자 병사 한 명이 눈가리개까지 씌웠다.

"가, 감히 남작한테 이 무슨 짓이야?"

"남작은 무슨 얼어 죽을 남작. 반역자 주제에."

노빈손은 펄쩍 뛴 나머지 마차 천장에 머리를 쾅 부딪쳤다. 의회파와 잠깐 어울린 게 전부인데 반역이라니.

"주인님!"

울부짖는 백곰을 버려 둔 채 마차는 요란한 바퀴 소리를 내며 어둠 속으로 사라졌다.

"계획대로 두 녀석을 떨어뜨렸군. 백곰만 없으면 노빈손 따위는……."

골목에 숨어 이 상황을 지켜보던 괴로피셔 백작은 흰 이를 빛내며 소리 없이 웃었다.

대표 없는 곳에 세금 없다고?

준비됐니?
알면 알수록 재미있는
영국 탐험 시작!

영국은 국왕, 상원의원, 하원의원으로 이루어진 의회주의 정치를 하고 있어. 물론 대통령은 없어. 영국은 가장 먼저 의회주의를 꽃피운 나라야. 프랑스처럼 대혁명을 겪지 않고도 유럽에서 가장 먼저 자유 민주주의를 획득했지. 이제부터 영국이 얼마나 끈질기고 영예롭게 싸웠는지, 그 빛나는 역사를 말해 줄게.

존의 실정과 마그나 카르타

사자왕 리처드의 뒤를 이은 존 왕은 미덕이라고는 찾아볼 수 없는 비호감의 극치였어. 쓸데없이 전쟁을 벌여 계속 지고, 교황한테는 파문당하고, 사치스럽기 짝이 없어서 국고는 텅텅 비고, 그걸 채우려 국민들에게 세금을 쥐어짰지.

이 무능한 왕에게 맞서 반란군이 생기는 건 너무도 당연한 일이었지. 존 왕은 반란군을 진압할 돈과 군사가 없자 그때까지 무시하던 의회에 와서 손을 벌렸어.

우린 오랫동안 준비한 한 장의 종이를 내밀었고, 서명하면 요구를 들어주겠다고 했어. 그것이 1215년에 만들어진 대헌장, 마그나 카르타야.

63개의 조항 중 가장 빛나는 것은 '대표 없는 곳에 세금 없다. 왕이라도 함부로 세금을 물릴 수 없다' 는 12조항과, '자유민은 합법적 재판에 의하지 않는 한 체포 또는 구금을 당하지 않고 어떤 방법으로도 자유가 침해당하지 않는다' 라는 39조항이지.

존 왕은 화가 났지만 별 수 없이 서명했어. 마그나 카르타는 이후 자유와 권리를 지키는 투쟁의 역사 속에 항상 인용되

는 헌법의 바이블 같은 문서가 됐지.

권리청원과 청도교 혁명

찰스 1세도 걸핏하면 돈 없이 전쟁을 치르려는 왕 중 하나
였지. 1628년, 스페인과 공연스레 전쟁을 벌이겠다며 의회
에 전쟁 자금을 달라고 했지. 우린 또다시 한 장의 종이를
내밀었어. 세금이든 체포든 법이라는 원칙에 맞춰 해결하자
는 내용의 '권리청원'이었지.

나름대로 왕의 체면을 생각해서 '청원'의 양식을 취했건만
돌아오는 건 콧방귀뿐이더군. 왕은 권리청원을 싹 무시하고
11년간이나 의회를 소집하지 않았지.

세월이 흘러 찰스 1세가 스코틀랜드 교회에 이래라저래라
간섭하다 스코틀랜드가 잉글랜드로 쳐들어오는 사태가 일
어났지. 궁지에 몰린 찰스 1세는 의회를 소집했지만, 의회
는 말을 듣지 않았어. 찰스 1세는 의원들을 죄다 체포하라
고 난리를 쳤고 결국 나라는 왕을 지지하는 기사당과 의회
를 지지하는 원정당, 둘로 나뉘어 싸우게 됐지.

우리에겐 청교도 정신(철저한 준법정신과 합리주의, 절제된
생활)으로 무장한 올리버 크롬웰과 기병대가 있었어. 크롬
웰이 왕당파에게 족족 승리를 거두자 왕은 스코틀랜드로 도
망가 버렸어. 하지만 크롬웰과 같은 편이었던 스코틀랜드는
우리에게 왕을 도로 보내 버렸고, 크롬웰은 나라를 버리고
도망간 왕을 단두대에 세웠지.

결국 찰스 1세는 유럽 최초로 사형당한 왕이 됐어. 이 전쟁
을 '청교도 혁명'이라고 해.

명예혁명과 권리장전

실수, 실수였어. 찰스 2세를 불러온 건! 그 역시 폭군이었거든. 그 무렵 의회 안에는 왕을 옹호하는 '토리당'과 의회가 더 많은 힘을 가져야 한다는 '휘그당'이 생겨났어.

우린 그 다음 왕인 제임스 2세가 어떻게 나오나 지켜봤지. 근데 제임스 2세는 한술 더 떠서 가톨릭을 부활하고 인신보호법(부당한 구속을 금하는 법)을 폐지하는 등 본색을 드러냈지 뭐야. 비록 왕을 존중하는 토리당이라도 이건 아니다 싶었지.

그래서 토리당과 휘그당이 합심하여 제임스 2세를 폐위시켜 버리고, 네덜란드에서 살고 있던 제임스 2세의 딸 메리 공주와 남편 윌리엄 공을 새 왕으로 추대하기로 했어.

제임스 2세는 대항하다가 프랑스로 도망쳐 버렸어. 그 와중에 그 작자가 국새(나라를 대표하는 도장)를 템스 강에 버리는 어처구니없는 짓을 했지 뭐야. 그 순간부터 영국 국민 중

그 누구도 제임스 2세를 왕으로 여기지 않았어.

어쨌건 피 한 방울 흘리지 않고 못된 왕을 쫓아낸 거야. 그래서 우린 1688년의 이 사건을 '명예혁명'이라고 부르지. 의회는 왕께 왕관과 함께 한 장의 종이를 내밀었지. 이 문서에는 시민들의 자유와 권리, 그리고 왕위 계승 순서가 적혀 있었고 '권리장전'이라고 칭해졌어.

이로써 왕과 의회의 길고 지루한 싸움은 막을 내렸어. 이제 영국의 왕은 '군림하되 통치하지 않는' 독특한 존재가 된 거야. 정치는 우리 의회의 손으로 넘어왔고 말이야.

현재의 영국 정치 : 보수당과 자유당, 그리고 노동당

명예혁명 때 생긴 토리당과 휘그당은 시간이 흐르면서 보수당과 자유당으로 진화해 나갔어. 그 사이 세 차례의 선거법 개정을 통해 귀족과 중산층뿐 아니라 노동자, 농민 등 대다수의 어른 남자들은 모두 선거권을 가지게 됐고, 1918년에는 제한적으로나마 여성에게도 선거권이 주어졌지.

노동당은 자유당에서 좀 더 급진적인 세력들이 갈라져 나온 당으로, 나중에는 자유당보다 훨씬 커져서 보수당과 함께 양당 체제를 이루게 돼.

그러면서 주요 산업을 국유화하고 '요람에서 무덤까지'라는 슬로건으로 유명한 사회보장제도를 추진해 나가지. 한마디로 아이가 태어나서 수명을 다해 죽을 때까지 나라가 책임지고 돌봐 준다는 뜻이야. 이후 이 슬로건은 세계 선진국의 사회보장제도 최고 목표가 됐다고 하더군.

평민 노빈손

런던탑에 끌려오다

천 년 같은 시간이 흐른 후 마침내 마차가 멈췄다.

"여, 여기가 어디에요?"

눈가리개가 풀렸지만 노빈손은 여전히 상황을 파악할 수 없었다. 벽돌로 쌓은 거대한 성벽이 차차 시야에 들어왔다.

"노빈손, 너는 메리 스튜어트의 사주를 받아 엘리자베스 여왕을 암살하려고 했어. 네 방에서 나온 이 편지가 증거다."

메리 스튜어트라면 호시탐탐 잉글랜드의 여왕 자리를 노리는 스코틀랜드의 전 여왕이다. 그런데 문제의 편지는 바로 그 메리 스튜어트에게 보내는 거였다. 거기에는 '그토록 고대하던 그날이 다가와 메리가 새로운 잉글랜드의 여왕이 될 것이다' 라는 내용이 적혀 있었다.

"이건 제가 쓴 게 아니에요. 말숙이가 제 글씨는 초등학생 같다고 했단 말예요!"

"너에 대해 다 조사해 봤어. 넌 출생증명서도 세례증명서도 없더군. 외국인 암살자라는 강력한 증거지."

"말도 안 돼요. 당장 엘리자베스 여왕님을 만나게 해 주세요!"

"여왕님이 그렇게 한가하신 줄 알아? 주무대신 세실 경의 윤허(허락)가 떨어졌다. 정확히 반나절 후 네 목은 몸뚱이에 붙어 있지 않을 것이다."

한때나마 스코틀랜드의 여왕이었던 메리는 프랑스의 왕비이기도 했다. 남편이 죽은 뒤 스코틀랜드로 돌아오지만 결국 왕위에서 쫓겨난다. 이후 잉글랜드의 여왕으로 있는 사촌언니 엘리자베스 1세에게 갔지만 19년 가까이 이곳저곳에서 감금 생활을 한다. 결국 엘리자베스를 암살하고 여왕 자리에 오르려 한다는 죄명으로 처형당하고 만다.

“이럴 수가!”

노빈손은 세상의 모든 사물이 모래 바람에 날려가는 것처럼 눈앞이 아득해졌다.

사형대 위의 노빈손

“저 민둥머리 녀석이 여왕님의 암살 미수범이래요.”

“세상에, 웃기게 생긴 게 간도 크지. 어떻게 하늘 같은 우리 여왕님을…….”

군중들은 사형대 아래서 웅성거렸다. 영화도 컴퓨터 게임도 없는 시대에 이따금 벌어지는 사형 집행은 놓칠 수 없는 오락거리였다. 거기에는 불우한 인생의 최후와 교훈, 그리고 엽기적인 볼거리가 어우러져 있기 때문이다.

도끼에 기름칠을 하던 망나니는 처형대 위에 올라온 노빈손을 보더니 가발 상점의 미달사순과 비슷한 소리를 했다.

“짱구도 아니고 납작하지도 않은 게 두상이 참 예쁘구먼. 도르르 잘 굴러가겠는걸?”

칭찬인지 뭔지 모를 말을 하며 씩 웃는 망나니를 보자 노빈손은 소름이 오싹 끼쳤다.

‘서, 설마 나 이렇게 죽는 거야? 주인공인데 그럴 리 없잖아. 무슨 수를 써야 해. 맞아, 포트키가 있었지!’

사형 집행인 데릭

토머스 데릭은 엘리자베스 1세 시절에 가장 유명한 사형 집행인이었다. 무려 3천 명 가까이 사형 집행을 해서 사형 집행인의 대명사처럼 불렸다. 데릭은 사형 때 썼던 올가미를 팔기도 했는데, 사람들은 이게 행운을 가져다준다고 사들였다나 뭐라나. 그래서 영국 속담에 ‘낡은 밧줄로 번 돈’이란 말이 생겼다. 이 말은 ‘불로소득’을 의미한다.

오래 묵은 것이
좋은 것이어~!
괴로피셔 백작이 회중
시계에 그토록 집착한
건 다이아몬드가 값비
싼 보물인 탓도 있겠지
만 물건 자체가 오래된
'골동품 시계'이기 때문
이기도 하다. 영국인들
은 오래된 물건을 좋아
하고 늘 해 오던 습관을
선호한다. 재미있는 일
화 하나, 영국 전화국에
서 빨간 공중전화 부스
를 녹색으로 바꾸려고
한 적이 있었다. 그러나
'전화통은 빨간색이어
야 한다. 왜냐, 원래 빨
간색이었으니까!' 이런
항의가 빗발쳐 결국 포
기했다고 한다.

노빈손은 왼쪽 주머니에 있는 포트키의 존재를 새삼 떠올렸다. 몇 번이나 바늘을 돌려 봐도 반응이 없던 포트키. 하지만 이 타이밍에 작동한다면 순간 이동으로 난관을 벗어날 수 있을 것이다.

"마지막으로 소원이 있어요."

노빈손은 다급하게 소리쳤다.

"제발 기도를 하게 해 주세요. 곧 죽을 사람인데 소원도 못 들어줘요?"

"잠깐 포박을 풀어 줘라."

독실한 신자인 병사는 마음이 약해져 노빈손의 양손에 묶인 밧줄을 풀어 주었다. 그러자 노빈손은 기도하는 척하면서 재빨리 왼쪽 호주머니를 뒤졌다.

'저거다, 보석 박힌 그 시계를 노빈손이 만지고 있어!'

군중 속에 있던 괴로피셔 백작은 눈을 빛냈다. 원래는 병사에게 뇌물을 먹여 사형수의 유품을 넘겨받기로 했었다.

'미치겠네. 역시 안 되는 건가?'

노빈손은 포트키가 계속 작동이 안 되자 초조해졌다. 망나니는 더 이상 참을 수 없다는 듯 도끼를 들었다.

"나머지 기도는 하늘에 가서 하도록 해."

망나니의 도끼가 허공을 갈랐다. 그 서슬에 놀란 노빈손이 그만 회중시계를 떨어뜨리고 말았다. 시계는 또르르 굴러가 처형대 아래로 툭 떨어졌다.

"저 시계 좀 줘요! 저건 내 거라고요!"

노빈손이 고래고래 소리를 질렀지만 누군가 이미 시계를 꿀꺽한 상태였다. 그 누군가가 과연 누구겠는가? 바로 호시탐탐 시계를 노리던 괴로피셔 백작이었다.

"드디어 내 손에 들어왔구나! 오, 다이아몬드……"

꿈에도 그리던 회중시계를 손에 넣은 백작은 믿어지지 않는 듯 두 손에 시계를 올려놓고 보석에 입을 맞췄다. 백작의 머릿속에는 되찾은 성으로 돌아간 자신의 모습이 떠오르고 있었다. 백작의 두 눈에서 굵은 눈물방울이 흘러내렸다.

"앗싸!"

그 순간 조그마한 몸집의 소매치기 소년 하나가 잽싸게 시계를 낚아챘다. 소년의 이름은 아트풀 도저. 도저는 언제나 사형이 열리는 곳을 맴돌았다. 사형 집행에 정신이 팔려 있는 사람들은 훌륭한 먹잇감이었기 때문이다.

"거기 서!"

사형대 아래에선 쫓고 쫓기는 한바탕 소동이 일었다. 그때 처형대 위로 밧줄을 든 병사가 뚜벅뚜벅 올라왔다.

"안됐지만 얘야, 시간이 다 된 거 같구나."

병사는 노빈손의 두 손을 다시 묶었다. 포트키를 잃어버린 데다 목이 떨어져 나가게 생겼으니 최악의 상황인 것이다.

'다 틀렸어…….'

사람은 흔히 죽음의 순간이 다가오면 지나간 생이 영화처럼 펼쳐진다고 한다. 노빈손의 눈앞에도 부모님, 말숙이, 그리고 숱한 모험의 장면이 떠올랐다. 신사의 나라 영국에서 이런 일을 당할 줄이야. 킹스 크로스 역에서 해리 포터를 만나지만 않았어도, 망할 포트키인지 회중시계인지만 제대로 돌렸어도…….

망나니의 도끼가 햇빛을 받아 번쩍 빛났다. 눈부신 빛이 동공을 파고든 순간, 노빈손은 두 눈을 질끈 감았다.

"멈춰라!"

허공을 가른 것은 망나니의 도끼가 아니라 벼락 같은 고함이었다.

"집행을 중지하라! 지난날의 정을 봐서 목숨만은 살려 주라는 명령이다."

이런 장면은 텔레비전에서 많이 봤다. 하지만 막상 자기 일이 되자 노빈손은 스르르 기절해 버렸다.

"괜히 기름칠 하느라 힘만 뺐네."

망나니는 툴툴거리며 도끼를 집어넣었다.

"그럼 쟤는 어떡해요?"

"일단 런던탑에 가두고 처분을 기다리자고. 얘, 얘!"

병사가 뺨을 철썩철썩 때렸지만 기절한 노빈손은 축 늘어진 채 깨어날 줄 몰랐다.

회중시계는 어디로?

한편 꼬마 도저는 템스 강 하구로 신나게 달려가고 있었다.

템스 강 하구에는 수많은 배들이 정박해 있었다. 도저는 그중에서도 검고 화려한 깃발을 단 골든하인드 호를 황홀하게 바라보았다.

'꼭 해적 왕이 되고 말겠어.'

도저의 꿈은 드레이크 선장처럼 위대한 해적이 되는 것이었다. 나이가 어려서 해적선을 탈 수 없지만 열일곱 살이 되면 반드시 저 배에 오르리라 마음 먹고 있었다.

골든하인드 호 앞에는 화려한 코트를 입은 신사가 누군가

토머스 모어의 머리
『유토피아』의 저자로 유명한 당대의 지성 토머스 모어도 노빈손처럼 교수대에 올랐다. 전통에 따라 그의 잘린 머리는 타워브리지에 걸렸는데 문제는 새들이 머리를 자꾸 쪼아 먹는 거였다. 그래서 새들을 쫓기 위해 토머스 모어의 머리를 강한 향과 매운 맛이 나는 '커민'이라는 풀 씨앗을 끓인 물에 넣고 살짝 익혔다. 처형 2주 후에도 그의 얼굴은 발그레했고 혹자는 '살아생전보다 더 건강해 보였다'고 말했다나?

와 대화를 나누고 있었다. 도저는 본능적으로 신사의 옆을 스치듯 지나가며 주머니에 손을 넣었다.

"아!"

억센 손이 도저의 귀를 잡아 당겼다.

"요런 쥐새끼 같은 놈. 감히 누구 걸 노려?"

"너, 이분이 누군 줄 알아? 드레이크 선장님이시다."

자신의 우상을 올려다본 도저는 눈이 왕방울만 해졌다.

"우아, 정말 드레이크 선장님이세요? 저도 해적이 되고 싶어요!"

드레이크 선장은 콧방귀를 뀌더니 도저의 주머니를 샅샅이 뒤졌다. 거기에서 회중시계와 드레이크 선장의 은제 파이프가 나왔다.

"내 물건을 훔치면서 그런 소리를 해? 이 시계는 누구 거지?"

"몰라요, 고약하게 생긴 귀족 걸 낚아챘어요."

풀이 죽은 도저는 시무룩하게 대답했다. 특이한 물건을 수집하는 드레이크 선장은 회중시계를 이리저리 살펴보았다.

"나중에 제 자리 한 개 꼭 남겨 두세요!"

선장이 한눈파는 사이 꼬마 도저는 재빨리 도망치면서 외쳤다. 이렇게 노빈손의 회중시계는 해적 왕 드레이크 선장의 손에 넘어갔다.

감방 동료 햄릿

어둠 속에서 눈을 뜬 노빈손은 한동안 여기가 어딘가 싶어 어리둥절했다. 차차 어둠에 눈이 익자 차가운 벽돌과 거적때기 두 개, 구석에 세워진 동상 하나가 보였다.

"사느냐, 죽느냐, 이것이 문제로다……."

동상이 입을 벌리더니 뜬금없는 말을 했다. 놀란 노빈손이 큰 소리로 외쳤다.

"누구냐, 넌!"

그러자 그 누구냐가 달빛이 흘러나오는 철창 아래로 비스듬히 모습을 드러냈다. 호리호리한 몸집에 창백한 낯빛을 한, 꽤 곱상하게 생긴 청년이었다.

"살아도 산 목숨이 아니고, 죽어도 죽은 목숨이 아니지만 꼭 알고 싶다면 말해 줄게. 난 덴마크의 왕자 햄릿이야. 내가 왕국에서 쫓겨난 사연은 묻지 말아 줘. 별로 기억하고 싶지 않으니까……."

"그건 별로 안 궁금해. 그런데 여긴 어디야?"

"런던탑. 일시적으로 사형이 정지된 죄수들의 방이지. 밥은 하루 한 끼 주고 잘 땐 저 거적때기를 덮으면 돼. 가끔 쥐가 몸 위로 지나가지만 익숙해질 거야. 언제 사형당할지 모르는 것만 빼면 전반적으로 괜찮은 편이야."

"맙소사! 뭐가 괜찮다는 거야!"

노빈손은 얼른 창밖을 내다보았다. 감옥 주변에 방벽이 높게 쳐 있고 해자(성 주위에 둘러 판 못)를 파서 물이 빙 돌아 흐르고 있었다. 설사 벽을 넘어간다 해도 물을 건널 도리가 없으니 이중으로 막힌 감옥인 것이다.

"이런 곳이니까 '사느냐 죽느냐, 이것이 문제로다' 이런 명언이 탄생한 거지."

"누가 한 말이니?"

"나지 누구겠어? 사느냐 죽느냐……."

자신이 만든 유행어를 홍보하는 개그맨처럼 햄릿은 했던 말을 자꾸 되풀이했다.

"세상은 잡초투성이 정원 같다고 생각되지 않니? 본성이

사악한 자들로 꽉 차 있어. 여기서 죽어간 토머스 모어도 나한테 그런 말을 해 줬지."

"너 유령이 보여? 그럼 내가 언제쯤 나갈 수 있는지 물어 봐 줄래?"

노빈손의 말에 햄릿은 말없이 달빛을 응시하더니 착 가라앉은 목소리로 이렇게 말했다.

"다 틀렸어……. 영혼이 되지 않고는 나갈 수 없을 거래."

계속해서 햄릿은 앤 볼린, 토머스 모어, 제인 그레이 등 죽은 사람이 얼마나 슬프고 비참한 얘기를 하는지 모른다며 중얼거렸다. 노빈손은 가뜩이나 우울했는데 햄릿 때문에 더욱 무기력해지고 기운이 빠졌다.

오렌지 즙으로 쓴 밀서

식사 시간이 되자 콩죽 두 그릇이 들어왔다. 도배할 때 바르는 밀가루 풀보다도 멀건 죽이었다.

"콩죽을 먹은 다음 햇볕을 쬐면서 공상만 하면 그렇게 배고프지 않아."

"네가 왜 사색가가 됐는지 알겠다."

이구아나도 아니고, 햇빛을 받으며 가만히 벽에 붙어 있는 햄릿의 꼬락서니를 보자 한숨이 절로 나왔다.

런던탑의 유령들

교수형, 참수형, 고문으로 악명이 높은 런던탑에 유령이 돌아다닌다는 소문은 옛날부터 있었다. 단골 유령은 삼촌인 리처드 3세에 의해 죽은 왕자들, 헨리 8세의 두 번째 부인이자 엘리자베스 1세의 어머니인 앤 볼린이다. 제인 그레이는 튜더 왕가의 네 번째 여왕으로 즉위한 지 9일 만에 반역죄로 런던탑에 갇혔다가 참수당했다.

콩죽 한 그릇을 단번에 들이킨 노빈손이 습관적으로 트림을 했다. 트림을 해 봐야 웃어 줄 엘리자베스 여왕도 없다는 사실이 새삼 떠오르자, 여왕이 자신을 배신자로 알고 있을 거라는 생각에 가슴이 쓰렸다.

'믿음과 신뢰로 살아온 내 인생에 이런 오점을 남기다니.'

삼 일간 콩죽만 먹자 노빈손의 머릿속은 온통 먹거리로 가득 찼다. 삼겹살, 비빔냉면, 김치 만두, 양념 통닭이 먼저 떠올랐고 영국에 와서 먹은 홍차, 매시포테이토, 구운 청어 요리도 그리웠다. 다 떠나서 지금은 그저 커다란 빵 한 덩어리만 있어도 바랄 게 없었다.

그런데 나흘째 되는 날, 꿈같은 일이 일어났다.

"노빈손, 특별 사식이다."

"우아! 이게 웬 떡이냐. 누가 보낸 거지?"

빵과 고기가 놓인 쟁반을 받아든 노빈손은 한 귀퉁이에서 메모 쪽지를 발견했다.

'조끼를 팔아 음식을 마련했어요. 해머 판사님이 형량을 줄이려고 애쓰고 있으니 너무 걱정 마세요. 참, 실룩 홈스 씨가 할 말이 있으면 오렌지 즙으로 하래요.'

"데이비드 백곰!"

어려울 때 진정한 벗을 알 수 있다더니, 노빈손은 목이 메어 할 말을 잊었다.

"같이 먹자, 햄릿. 혼자 먹기엔 양이 많아."

기네스북이 맥주 이름에서 온 거라고? 기네스 백작(기네스 양조회사 설립자)의 4대손인 휴비버 경은 유럽에서 가장 빠른 새가 뭔지 알아보려고 책을 뒤지다가 문득 특이한 기록을 모아 놓은 책을 만들면 좋겠다는 생각이 들었다. 휴비버 경은 기록광으로 유명한 옥스퍼드 대학 출신의 맥허터 가 형제에게 책의 편집을 의뢰하였다. 드디어 1955년 8월 27일 기네스 양조 회사의 이름을 딴 『기네스북 오브 월드 레코드』가 출간되었다.

애써 못 본 척하고 있는 햄릿에게 노빈손은 닭다리를 쭉 찢어 건넸다. 햄릿은 마지못해하며 받더니 구멍 난 냅킨을 주머니에서 꺼내 목에 두르고는 이렇게 말했다.

"근데 네 하인은 정식 코스를 안 밟았나 보구나? 어떻게 고기 포크랑 생선 포크를 구분하지 않고 하나만 넣었니?"

'저걸 콱!'

생각 같아서는 닭다리를 다시 뺏고 싶었지만 어느새 냠냠 맛있게 먹고 있는 햄릿을 보며 노빈손은 마음을 바꿨다.

'원래 얄미운 녀석은 아니었을 거야. 감방에 있다 보니 머리가 이상해진 거겠지. 왕자라고 떠드는 것부터가 정상이 아니잖아?'

모처럼 배불리 먹은 노빈손은 후식으로 오렌지를 까 먹다가 문득 실룩 홈스의 말이 떠올랐다. 노빈손은 얼른 간수를 불렀다.

"제 하인에게 감사의 편지를 써도 되나요?"

"검열을 받으면 괜찮아."

노빈손은 고맙다는 말을 펜으로 쓰고 그 밑에 오렌지 즙을 손가락에 묻혀 편지 끝부분에 이렇게 덧붙였다.

〈런던탑 설계도 요망〉

"너 뭐하니? 한석봉 흉내 내는 거니?"

"네가 한석봉을 알기나 해? 잠자코 닭다리나 뜯어."

잠자코 닭다리나 뜯는 햄릿을 뒤로하고 노빈손은 열심히

음식 종류마다 포크가 따로 있다고? 서양 식사 예법에 따른 포크의 종류는 굉장히 다양하다. 고기 요리용인 테이블 포크, 생선 요리용인 피시 포크, 디저트 포크, 샐러드 포크, 케이크 포크, 굴 요리용 포크, 과일 포크 등등. 이 모든 것의 용도와 모양이 다르다니 서양에서 식사 예절을 지키는 것은 굉장히 복잡하고 어려운 일일 듯!

오렌지 즙을 짜서 편지를 썼다. 자고로 하늘이 무너져도 솟아날 구멍은 있는 법! 이 오렌지 즙은 희망의 전조였다.

며칠 후 간수가 다시 음식 쟁반을 디밀었다. 예상대로 닭고기 배 속에서 런던탑 구석구석이 그려진 설계도가 나왔다.

"설마 너!"

햄릿은 깜짝 놀라 따발총을 쏘듯 말하기 시작했다.

"탈옥이라도 하려는 거야? 너 미쳤어? 걸리면 즉각 참수형이야. 목이 뎅겅 잘려서 런던 다리에 걸린 채 꾸들꾸들 말라 가고 싶니?"

"네 한숨에 꾸들꾸들 말라 가는 것보단 낫지. 비밀을 지킬 수 있는지나 말해."

"귀는 모두에게, 입은 소수에게 열자가 내 신조야."

노빈손은 햄릿에게 재빨리 계획을 말해 주었다. 잠시 후 햄릿은 더더욱 창백해진 표정으로 뒷걸음질 치더니 창가로 가서 깊은 고뇌에 빠졌다.

"오! 난폭한 운명의 돌팔매와 화살을 맞을 것인가, 아니면 무기를 들고 대항하여 싸우다 끝장을 낼 것인가, 이것이 문제로다인데 난 정말이지……."

"지금 영화배우 흉내를 낼 때가 아냐. 멋진 대사는 밖에서 하자고."

그날 밤 두 사람은 머리를 맞대고 탈옥 계획을 짰다.

프리즌 브레이크

만반의 준비를 하는 데는 며칠이 더 걸렸다. 그사이 두 번 더 오렌지 즙으로 쓴 편지가 오가고, 세 마리의 닭고기가 두 사람의 배 속으로 사라졌으며, 잠시 잠이 드는 약초와 창문 철창을 잘라 낼 작은 톱 하나가 노빈손의 손에 들어왔다.

"같이 드시겠어요?"

탈출의 그날 밤, 노빈손은 간수에게 음식을 권했다.

"엥? 가난뱅이가 웬일이셔?"

로스트비프를 보자 간수는 군침을 삼키며 감방으로 들어왔다. 고기를 맛있게 뜯고 나더니 간수는 잠시 후 쿨쿨 잠이 들었다.

"됐다, 이젠 옆방으로 가야 해."

노빈손은 잠든 간수의 주머니에서 열쇠 다발을 꺼냈다.

두 사람의 계획은 이랬다. 런던탑에서 바깥세상과 가장 가까운 곳은 옆방이다. 그곳에서 창밖으로 뛰어내리면 감옥의 방벽이 나온다. 방벽에서 해자 너머로 밧줄을 던져 연결한 후 건너가면 자유의 땅에 안착한다. 거기서 템스 강까지 이동하는 데는 얼마 걸리지 않는다. 템스 강에는 백곰이 준비한 배가 기다리고 있을 터였다.

떨리는 마음으로 옆방 문을 연 노빈손은 자고 있던 죄수에게 덤벼들며 외쳤다.

런던을 흐르는 템스 강
서울에 한강, 파리에 센 강이 있다면 런던에는 템스 강이 있다. 템스 강의 유람선은 밤이면 불빛을 밝히는 카페로 변해 런던의 야경을 더욱 아름답게 만들어 준다. 템스 강 하구에는 그리니치 천문대가, 중류엔 웨스트민스터 사원과 국회의사당이, 상류엔 윈저 성이 각각 자리 잡고 있다. 강만 따라가도 영국을 대표하는 우수한 건축물들을 보게 되는 셈이다.

“꼼짝 마!”

햄릿은 옆방 죄수의 입을 막고, 손발을 묶었다. 그 틈에 노빈손은 준비한 톱을 꺼냈다. 삼십 분쯤 걸려 철창 두 개를 잘라 내자 마침내 한 사람이 빠져나갈 만큼의 공간이 생겼다.

“됐다, 창밖으로 나가자.”

두 사람은 하나 남은 철창에 미리 준비한 밧줄을 묶고 아래로 늘어뜨렸다. 오늘을 위해 옷과 모포 등, 천이란 천은 죄다 붕대처럼 길게 찢어 연결한 밧줄이었다.

달빛이 휘황한 밤, 팬티 한 장 달랑 입은 노빈손은 밧줄을 타고 감옥 방벽으로 내려갔다. 런던은 쥐죽은 듯 고요하게 잠들어 있었다. 그때였다. 물길 너머 데이비드 백곰의 하얀 손수건이 보였다.

“주인님, 여기예유!”

“자, 밧줄 받아!”

두 사람은 밧줄 한쪽은 방벽에 단단히 묶고 다른 한쪽은 묵직한 돌을 달아 백곰이 있는 방향으로 힘껏 던졌다.

“하나, 둘, 셋!”

다행히도 밧줄은 해자의 물길을 넘어 백곰이 있는 곳까지 날아갔다. 백곰은 땅에 말뚝을 박아 밧줄을 고정시켰다. 이제 방벽과 해자 너머에 팽팽한 줄이 생긴 것이다. 저 줄을 타고 건너가면 꿈에도 그리던 자유의 몸이 된다.

“행운을 빈다, 노빈손.”

느닷없이 햄릿이 작별 악수를 청했다.

"여기까지 와서 무슨 소리야? 설마 너 줄 타는 게 무서워서 그러는 거야?"

"때로는 자유가 구속보다 두려운 법. 난 그냥 덴마크에서 사절이 올 때까지 기다리겠어. 그 편이 왕자의 체면에 맞는 것 같아."

햄릿은 약한 모습을 보이지 않으려고 휙 돌아섰다.

"죄수가 탈출했다!"

그 순간 호루라기 소리와 함께 간수들의 발자국 소리가 쿵쿵 울렸다.

"뭐해? 얼른 오지 않고!"

어느새 햄릿은 밧줄에 매달려 있었다. 이구아나보다 더 민첩했다.

"괜히 튕기기는. 좋아, 나도 간다!"

노빈손도 밧줄을 움켜쥐었다. 쿵쾅쿵쾅 뛰는 심장을 진정시키고 시커먼 물이 흐르는 아래는 애써 보지 않은 채 전진했다. 진땀 나는 시간이 흐르고, 먼저 간 햄릿은 무사히 땅에 도착했다.

"휴! 한 사람은 성공이구나."

그런데 아뿔싸, 햄릿이 지나간 다음이라 그런지 밧줄이 느슨해졌다. 설상가상으로 돌풍이 불어와 노빈손의 몸이 허공에서 마구 흔들렸다. 만약 여기서 떨어진다면 물귀신이 되고 말 것이다.

"주인님, 줄이 끊어지겠슈!"

목표 지점에 거의 다다를 무렵 백곰의 다급한 목소리가 들려왔다. 모포와 죄수복을 찢어 만든 밧줄이 노빈손의 무게를 이기지 못하고 두두둑 찢어지기 시작한 것이다.

"으악!"

이제 죽었구나 싶은 순간, 노빈손은 땅 위에 있는 자신을 발견했다. 백곰이 노빈손의 팔뚝을 잡아 끌어올린 것이다.

"난 정말 네가 죽는 줄 알았어."

햄릿이 눈물을 폭포수처럼 흘리며 노빈손을 꽉 껴안았다.

"가자, 자유의 땅으로!"

　세 사람은 전속력으로 템스 강을 향해 달렸다. 무사히 강
에 도착한 탈옥자들은 열심히 노를 저어 어둠 속으로 쏜살같
이 스며들었다.

영국의 왕과 위인들

YES or NO!
나는 어떤 왕을 닮았을까?

영국엔 똑똑한 왕, 무능한 왕, 무서운 왕,
바람둥이 왕, 겁쟁이 왕, 멋쟁이 왕 등
별별 왕이 다 있었어. 화살표를 따라가
다 보면 내가 어떤 스타일의 영국 왕과
닮았는지 알 수 있을 거야.

외국어를 빨리
배우는 편이다.

요즘엔 연상보다
연하 이성 친구가
더 끌린다.

YES

형제들과
다툼이 잦다.

어릴 적 기억이
별로 좋지 않다.

주변에서 날
비호감으로 여긴다.

NO

남보다 덩치가 크다.

친구들이 '너 바람기
있어 보여'라고
말한 적이 있다.

공부 외에
다른 재주가 많다.

최신 유행에 민감하다.
최근에 용돈 기입장을 두 번 이상 써 본 적이 있다.
엘리자베스 1세
이름보다 주로 별명으로 불린다.
한때 종교 생활을 열심히 한 적이 있다.
친구들 사이에서 인기가 많은 편이다.
결혼은 꼭 필요한 것이라고 생각하지 않는다.
메리 1세
말싸움이든 몸싸움이든 지기보다 이기는 편이다.
리처드 1세
점점 살이 찌고 있다.
외국 생활을 한 적이 있다.
헨리 8세

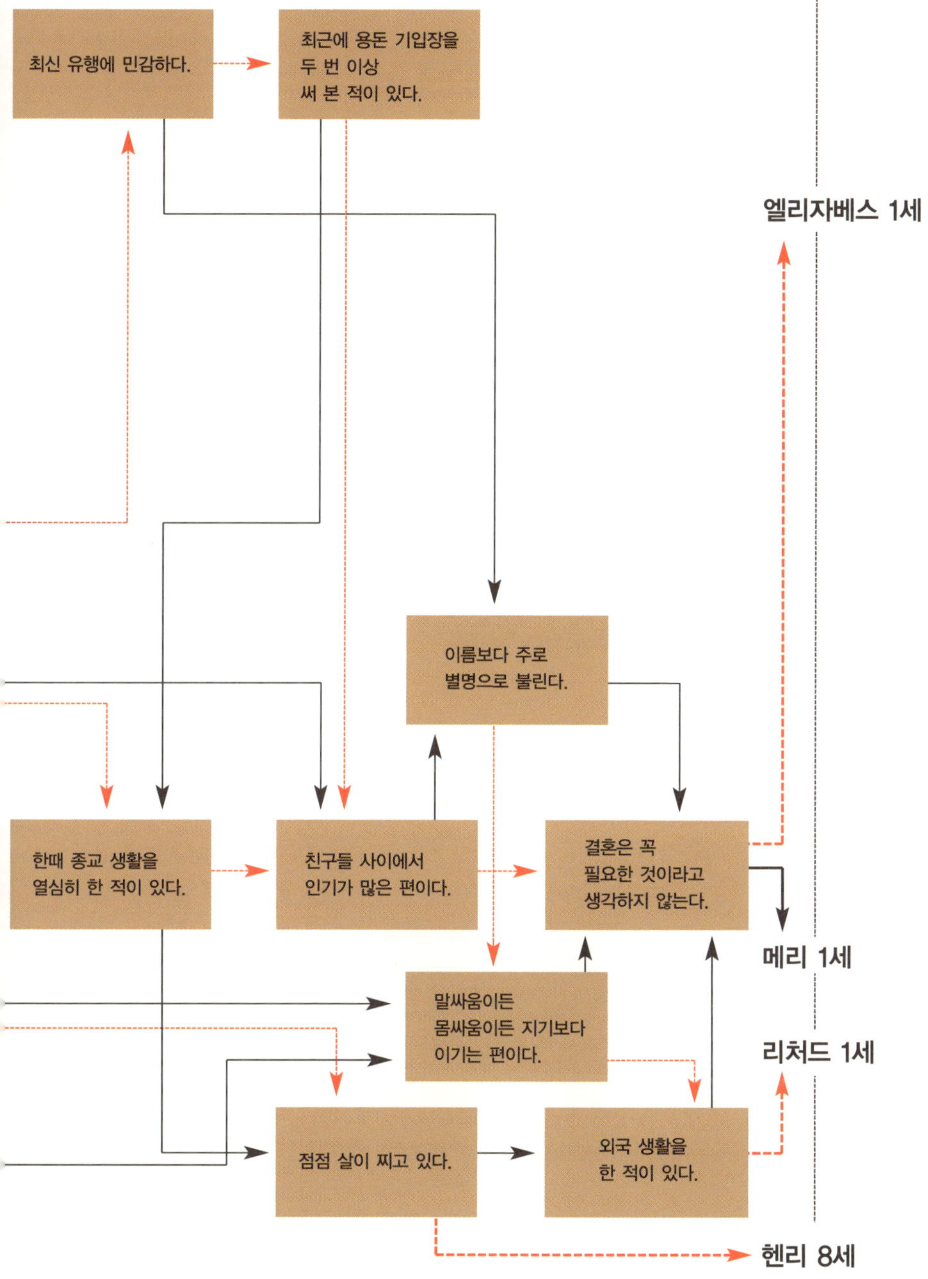

105

영리하고 센스가 뛰어난 만능 재주꾼 타입

만능 엘리자베스(재위 1558~1603년)

스물다섯 꽃다운 나이에 난 여왕이 됐어. 왕좌에 앉고 보니 밖에는 강대국이 득실거리고, 안으로는 종교 문제 때문에 바람 잘 날 없고, 물가는 뛰고, 상황이 아주 안 좋았지.

난 '통일령'을 제정해 종교를 가톨릭에서 국교회로 돌려놓았어. 그리고 산업을 장려해 나라를 살찌우고, 칼레 전투에서 스페인을 이겨 해상권을 장악했지.

주변에서 결혼하라고 할 때마다 난 '영국과 결혼했다'는 말로 넘어가곤 했어. 내가 외국 왕자랑 결혼하면 영국의 통치권이 넘어갈 수도 있고, 영국인이랑 결혼하면 남편이 국왕이 되는 거잖아. 차라리 속 편한 독신이 낫지.

다들 내가 통치하던 시절을 '명랑한 잉글랜드'라고 부르더군. 그 당시 영국인들은 경제적으로도 넉넉했고 문화생활도 맘껏 누렸거든. 이만하면 내가 왜 인기녀인지 알겠지?

자존심 강한 우울한 고독녀(남) 타입

울컥 메리(재위 1553~1558년)

나처럼 불우한 어린 시절을 보내면서 꼬이지 않을 인간 있음 나와 보라고 해. 난 어려서 만날 우는 엄마 얼굴만 봤어. 아빠는 이혼하려고 난리도 아니었고. 결국 딴 여자랑 결혼해서 또 딸을 낳았지. 흥! 그 딸이 바로 니들이 좋아하는 엘리자베스 1세야.

괴롭던 청춘 시절에 내 유일한 위안은 가톨릭뿐이었어. 아버지 헨리 8세가 가톨릭이랑 갈라서고 국교회를 만들 땐 정말 화가 났지. 결국 내가 영국 최초의 여왕이 돼서 제일 먼저 한 일이 뭐겠어? 증오스러운 국교회 놈들을 모조리 화형시켜 버리는 거였지. 오호홋!

내가 스페인의 왕자 펠리페 2세와 결혼한 걸 가지고 연하를 밝힌다고 하는데(내 나이 서른여덟, 그의 나이 스물일곱이었지) 미남 신랑 얻는 게 그렇게 배 아프냐고. 사실 모두가 날 미워해! 너도 나한테 블러디(피의) 메리니 어쩌니 할 거지? 알고 보면 나, 한없이 불쌍한 여자라고.

승부 근성 있고 이국적인 것을 좋아하는 용감한 타입

열혈 리처드(재위 1189~1199년)

난 옥스퍼드에서 태어났지만 대부분 프랑스에서 자랐어. 워낙 다혈질이라 전쟁이란 전쟁은 다 나갔지. 3차 십자군 원정을 주도한 것도 바로 나였어. 신성로마제국의 프리드리히 1세와 함께 예루살렘으로 쳐들어갔는데 기분이 정말 끝내줬지. 3년 휴전을 맺고 돌아오는데 사람들이 나더러 사자의 심장을 지닌 것처럼 용감하다며 '사자심왕 리처드'라고 부르더군.

돌아오는 길에 오스트리아 왕에게 포로로 잡혔지만 나름대로 잘 지냈어. 그때 국민들이 날 구하려고 몸값으로 나라 예산의 2~3배를 썼다는데 억울하면 왕 해야지, 안 그래?

사람들은 내가 10년 왕으로 있으면서 6개월밖에 영국에 안 있었다고 뭐라고들 하는데, 노빈손처럼 팔자에 역마살이 껴서 그런 거니까 이해해 줘.

능력 있고 이성에게 인기 있는 바람둥이 타입

바람 헨리(재위 1509~1547년)

영국은 항상 내 얘기 가지고 드라마나 영화를 만들지. 솔직히 우리 시대에 왕만 한 연예인이 어디 있겠어. 더구나 난 4개 국어에 능통한 데다 음악도 만들지, 시도 쓰지, 노름도 잘하지, 마상 경기도 잘하지, 정말 못하는 게 없는 만능 엔터테이너라고.

사람들은 나더러 못 말리는 바람둥이라고 하는데 진짜 바람둥이라면 여섯 번이나 결혼하지도 않았을 거야. 왕인데 그냥 다 첩으로 삼으면 되지, 안 그래? 그만큼 난 정식을 좋아한다 이거야. 게다가 난 첫 결혼을 형수님이랑 했는데 교황이 하도 이혼이 안 된다고 해서 결국 나라 종교를 가톨릭에서 국교회로 바꿔야 했어.

내 유일한 고민은 갈수록 살이 찐다는 거야. 허리둘레가 137cm나 되니까 이건 뭐 움직이려면 특수 기구를 타야 할 지경이야. 다들 좋은 다이어트법 있으면 좀 알려 달라고.

그밖의 영국 역사 속 인기 스타들

기나긴 영국 역사에는 헨리 8세 같은 스타급 인물들이 많아. 누대에 명성을 날리는 영국 역사 속 위인을 훑어볼까?

대왕 알프레도(재위 871~899년)

영국 초기의 전설상의 왕. 그러나 그 전설의 대부분은 사실이다. '대왕'이라 불리는 왕들이 대체로 그렇듯 전쟁만 하면 이기고, 고대 법전을 편찬하고, 그 유명한 영국 해군을 창설하고, 행정 제도를 정비하는 등 나라의 기틀을 세웠다. 무엇보다도 앵글로와 색슨 족을 하나로 뭉치게 해서 잉글랜드의 통일을 이룬 것이 그의 가장 큰 업적이다.

후덕 빅토리아(1819~1901년)

영국 전성기의 여왕. 이때 영국 산업은 '세계의 공장' 소리를 들었고, '군림하되 통치하지는 않는다'는 영국 군주제와 양당 의회 체제를 확립했다. 빅토리아 여왕이 남편 알버트 공과 결혼할 때 흰색 드레스를 입은 이후 웨딩드레스의 색깔은 흰색으로 정착됐다. 노래와 카드놀이, 수수께끼를 좋아하는 소박한 성품의 여왕으로 전 국민의 사랑을 받았다.

똘방 뉴턴(1642~1727년)

근대 과학의 아버지. 아이작 뉴턴의 이론은 과학 교과서의 앞부분을 장식하고 있다. 그 유명한 관성의 법칙, 가속도의 법칙, 작용 반작용의 법칙이 모두 그가 발견한 운동 법칙이다. 뉴턴적 세계관은 '자연은 일정한 법칙에 따라 운동하는 복잡하고 거대한 기계'라는 것으로 요약할 수 있는데, 이렇게 복잡한 힘의 관계를 표현한 '역학'은 그의 최대 성과다.

웅변 처칠 (1874~1965년)

항상 영웅적인 것에 끌렸던 처칠은 태생적으로 말더듬이였는데 노력 끝에 명연설가로 거듭난다. 제2차 세계대전이 발발하자 유럽은 순식간에 히틀러가 이끄는 나치군에게 항복했다. 하지만 당시 영국 수상이었던 처칠은 항복하지 않고 끝까지 버텼다. 영국은 훗날 '덩케르크 정신'이라고 명명된 불굴의 의지를 가지고 프랑스 덩케르크 지역을 사수했는데, 여기에는 처칠의 라디오 연설이 결정적 기여를 했다. '전쟁에서는 결의, 패배에서는 도전, 승리에서는 아량, 평화 시에는 선의' 이것이 처칠의 신조다.

투쟁 오웰 (1903~1950년)

『동물농장』, 『1984년』 등 사회 비판적인 소설로 유명한 조지 오웰은 명문 이튼 스쿨을 나왔으나 출세 대신 식민지 미얀마에서 경찰이 되었다. 5년간 미얀마에 머무는 동안 그는 영국 제국주의에 환멸을 느꼈고, 영국에 돌아와서는 사회 약자인 노동자들에게 관심을 가졌다. 영국 방송 BBC가 조사한 '지난 천 년간 최고의 작가' 부문에서 셰익스피어, 제인 오스틴에 이어 3위에 선정될 정도로 시대를 초월해 독자들의 사랑을 받고 있다.

데이비드 백곰의 과거

"만세, 드디어 자유다!"

"정말 짜릿했어!"

세 사람은 하이파이브를 하며 서로 얼싸안고 춤을 추었다. 모처럼 비도 그치고 활짝 갠 아름다운 날씨였다. 세 사람은 템스 강의 백조들에게 먹을 것을 던져 주며 오후 햇살을 만끽했다.

그러나 자유의 땅은 호주머니에 돈이 있는 만큼의 자유를 의미했다. 노빈손은 해머 판사의 집과 실록 홈스의 사무실에 찾아가려다 주변에 쫙 깔린 병사들을 보고 포기했다.

"우리 때문에 저분들까지 위험하게 할 순 없어."

노빈손은 눈물을 머금고 돌아섰다. 마지막 동전을 모아 헌 옷과 흑빵 세 덩이를 사자 말 그대로 땡전 한 푼 없는 처지가 됐다. 한때 궁전에서 살며 남작 소리를 듣던 노빈손이 아닌가. 그런데 이렇게 다 떨어진 옷에 흑빵을 씹고 있자니 마치 『왕자와 거지』에 나오는, 하루아침에 신분이 바뀐 왕자가 된 것같이 비참했다.

"니가 그 기분을 어떻게 알아? 진짜 왕자인 나나 알지."

배가 꺼지자 우울증이 극에 달한 햄릿이 톡 쏘아붙였다. 셋은 런던 빈민가를 말없이 헤매 다녔다.

수도 런던은 전국에서 밀려오는 사람들을 흡수하는 거대

Do It Yourself!

영국에서는 인건비가 하도 비싸서 웬만한 고장은 스스로 해결한다. 또 직접 만들거나 조립해서 쓰는 물건도 많다. '네가 필요한 건 네 스스로 만들라'는 뜻의 Do It Yourself를 줄여 DIY라고 부르는데, 영국 어디에서나 DIY 매장을 쉽게 찾아볼 수 있다. 그럼 기술자들은 할 일이 없겠다고? 서툰 실력으로 만들거나 수리하다 보니 늘 고장이 넘쳐나는 법. 때때로 엔지니어와 수리공은 대학교수보다 많은 돈을 벌기도 한다.

한 용광로였다. 삼층으로 된 건물이 다닥다닥 붙어 있고 더러운 빨래가 여기저기 나부꼈다. 지린내가 진동하는 골목을 떠돌던 노빈손 일행은 시장으로 나왔다.

"따끈따끈한 빵이 두 개에 2펜스!"

"달팽이 분비액에 박쥐 코털을 넣어 만든 관절염 약 한번 잡숴 봐!"

"요새같이 힘든 세상에 믿을 건 기술뿐, 신발 장인이 도제(견습생)를 구합니다."

사방에서 외치는 상인들의 호객 행위에 귀가 멍멍할 지경이었다. 고소한 고기파이 냄새가 진동하는 음식점 앞에서 노빈손과 햄릿은 군침만 뚝뚝 흘렸다.

"백곰은 어딜 간 걸까? 하루 종일 코빼기도 안 보이네."

두 사람은 만나기로 약속한 골목에서 백곰을 기다렸다. 볼일이 있다며 백곰이 어디론가 가 버렸기 때문이다.

"배고프시쥬? 이것 좀 드셔 보세유."

해가 뉘엿뉘엿 질 무렵 백곰은 두 손에 빵을 잔뜩 들고 나타났다.

"알던 동생네가 근처에 살고 있어서 얻어 온 거예유. 어서 드셔유."

"그래? 그렇다면야 냉큼 먹어야지."

세 사람은 분수대에 앉아 허겁지겁 배를 채웠다. 절반쯤 먹었을 때 골목 끝에서 쩌렁쩌렁한 목소리가 들려왔다.

정체불명의 민간요법
돌팔이의 약 선전을 들어 본 적 있는가? 실제로 16세기 영국에는 수상한 민간요법이 판을 쳤다. 주재료는 허브, 이슬, 지렁이, 달팽이들이었다고 한다. 당시의 민간처방 기록들을 보면 '5월의 이슬과 달팽이 분비액은 눈의 통증을 완화시켜 주며, 지렁이를 기름과 포도주와 함께 끓여 먹으면 관절염 통증에 효과가 있다'는 구절이 있다. 아무리 그래도 그렇지 토 나온다. 우웩!

“도둑고양이처럼 내 구역을 헤집고 다니더니 여기 있었군!”

험상궂게 생긴 남자가 패거리를 데리고 나타났다. 남자는 노빈손과 햄릿 쪽은 시선도 주지 않은 채 백곰만 뚫어지게 쳐다봤다.

“흑곰!”

“행방불명된 백곰이 런던 한복판에서 활개를 치고 다닐 줄이야. 넌 신대륙에서 죽었다고 들었는데.”

“날 내버려 둬. 형이랑 싸우기 싫어.”

백곰의 순박하던 말투가 갑자기 딱딱해졌다. 순한 눈빛이 살벌하게 변하자 전혀 다른 사람처럼 보였다.

“설마 형제의 맹약을 잊은 거냐?”

흑곰은 성큼성큼 걸어와 팔뚝을 걷었다. 거기에는 ‘6’이라는 숫자가 적혀 있었다.

“셋째 형의 죽음을 잊었어? 넷째 형의 사고는 어떻고. 다섯째 형은 날마다 술만 마시다 폐인이 됐다. 우리 모두 형들의 복수를 해야 해.”

점점 더 아리송해지는 상황에 노빈손은 눈을 떼지 못했다. 그런데 햄릿이 얼른 노빈손을 나무 뒤로 잡아끌었다.

“친구가 위험한데 비겁하게 숨어?”

“쟤들은 ‘면도날 잭’의 패거리야. 런던에서 가장 위험한 범죄 집단이라고.”

“넌 덴마크 왕자라면서 어떻게 그렇게 영국 사정을 속속들이 아니? 너 왕자라는 거 뻥이지?”

둘이 옥신각신하는 사이 흑곰은 계속해서 백곰을 설득하고 있었다.

“돌아와라 백곰. 나와 함께 가자.”

백곰은 대답 대신 주먹을 날렸다. 퍽! 팍! 쿵! 소리가 몇 번 나더니 나무 뒤에 숨어 있던 노빈손과 햄릿이

연쇄 살인마 면도날 잭
빅토리아 여왕 시대에 등장한 연쇄 살인마 잭 더 리퍼는 두 달 동안 다섯 명의 여자를 살해했다. 살인마가 해부학적 지식이 있는 사람으로 추정되어 ‘면도날 잭’, ‘칼잡이 잭’이란 별명이 붙었다. 전직 의사다, 이발사다 말이 많았지만 끝내 해결되지 않은 이 사건은 아직도 책과 영화로 만들어져 후세 사람들에게 충격을 주고 있다.

허공에 붕 들렸다. 백곰이 두 사람을 번쩍 들고 달리기 시작한 것이다.

"거기 서!"

흑곰의 고함이 골목 가득 메아리쳤다.

신대륙의 무법자

"헉, 헉, 헉……."

얼마나 뛰었을까. 더는 따라붙는 발자국 소리가 들리지 않자 세 사람은 가로수 아래 털썩 주저앉았다.

"속일 생각은 아니었슈."

다시 순둥이로 돌아간 백곰은 그제야 과거를 털어놓았다. 고아로 태어나 런던 뒷골목에서 자란 일, 악당 잭이 일곱 꼬마들을 의형제로 만들어 도둑질을 시킨 일, 범죄자라는 낙인 때문에 형제 전부가 신대륙에 버려진 일, 금괴를 찾은 후 형제간에 피비린내 나는 싸움이 생긴 일, 그 모습에 환멸을 느껴 손을 씻고 정원사로 살아간 일…….

"지금껏 범죄자인 형들 말고는 늘 혼자였슈. 뒷골목은 싫고, 세상으로 나오면 천지에 혼자고. 지는 그런 놈이에유."

노빈손은 백곰의 어깨에 손을 얹으며 진지한 목소리로 말했다.

문신을 좋아하는 켈트 족

영국에 최초로 들어와 산 종족은 이베리아 인이다. 그러다 바다 건너 전쟁을 좋아하는 켈트 인이 쳐들어와서 영국 땅을 차지했다. 켈트 인은 금발에 날개 달린 투구를 썼고, 맥주를 마시며 유럽 최초로 바지를 입었다. 영화 「브레이브 하트」에 나오는 멜 깁슨처럼 몸에 알록달록한 그림이나 문신을 그리는 것은 켈트 인의 풍습이었다. 문신을 한 백곰과 그의 무서운 형들은 혹시 켈트 족의 후예가 아니었을까?

“이젠 친구가 두 명이나 있잖아. 나랑 햄릿.”

“그래그래.”

평소 백곰과 노빈손을 평민이라며 얕잡아 보던 햄릿도 백곰의 다른 쪽 어깨에 손을 얹었다.

셋은 마치 『삼국지』의 유비, 관우, 장비가 복사꽃 아래서 도원결의를 하듯 런던 뒷골목의 담벼락 곁에서 사나이의 의리를 다짐하고 있었다. 그러나 감동적인 장면은 동시에 터져 나오는 ‘꼬르륵’ 소리에 무너지고 말았다.

“쳇, 벌써 소화가 됐나? 내일부터는 어떡하든 먹을 걸 구해 보자.”

어느덧 무리의 리더가 된 노빈손은 주워 온 거적때기를 담벼락 밑에 깔았다. 감옥 안이나 밖이나 거적때기 신세라니. 서글픈 밤이다.

‘내 회중시계는 어디로 갔을까? 그걸 찾아서 다시 돌아갈 수 있을까? 말숙이는 지금 뭘 하고 있을까?’

별이 총총한 밤하늘을 보면서 노빈손은 끝없는 물음표를 떠올리다 잠이 들었다.

‘어떻게 나왔지?’

나무 위에 숨어서 굴러떨어진 노빈손 일행을 노려보는 눈동자가 있었다. 어느덧 귀족의 모습은 사라지고 무서운 악당처럼 변한 괴로피셔 백작이었다.

유럽인의 기질 비교
예로부터 ‘서너 명이 모이면 영국인은 클럽을 만들고, 프랑스 인은 혁명을 일으키고, 독일인은 조직을 만든다’ 는 말이 있다. 그만큼 영국인들은 신념, 취미나 계층에 따라 다양한 클럽을 만드는 걸 좋아한다. 그리고 클럽의 성격에 맞는 자기들끼리의 규칙을 만들어 지키곤 한다.

손에 들어온 회중시계를 소매치기당하고 난 후 백작은 반 미치광이 상태가 되었다. "내 시계…… 내 시계……." 소리를 중얼거리며 사형대 근처만 맴돌았다. 아무 데서나 자고 아무 거나 먹으며 살아가던 중에 자신과 비슷한 몰골로 잠이 든 노빈손을 우연히 거리에서 발견한 것이다.

'네 놈을 만난 후로 내 인생이 꼬였어!'

괴로피셔 백작은 날카로운 칼을 꺼내 노빈손의 가방과 옷가지를 갈기갈기 찢어 버렸다.

힙합 품바로 길거리 캐스팅이 되다

기지개를 켜고 일어난 노빈손은 온몸이 뻐근했다.

"으, 커다란 코끼리 떼가 몸 위를 밟고 지나간 느낌이야."

"역시 사람은 지붕 있는 데서 자야 한다니까."

햄릿은 눈을 뜨자마자 투덜거렸다. 그때 자리를 정돈하던 백곰이 소리쳤다.

"이것 좀 보세유!"

갈기갈기 찢어진 노빈손의 옷과 가방이 널브러진 흙바닥에는 "완전 미워!", "재수 없는 녀석!"이라고 쓰여 있었다.

"누가 널 이렇게 미워하는 거야?"

햄릿이 놀란 가슴을 진정시키며 물었다. 노빈손은 누군가 자신을 지독하게 미워하는 게 분명하지만, 거지나 다름없는 지금의 처지보다 나빠질 것도 없다는 생각이 들자 이상한 배짱이 생겨났다. 노빈손은 친구들에게 외쳤다.

"시장으로 가자. 무슨 수를 쓰던 먹을 걸 버는 거야."

시장에는 사람들이 바글바글했다. 맛있는 과일, 먹음직스러운 고기파이, 갓 구운 빵 냄새가 향긋하게 퍼졌다.

"감옥에서는 콩죽이라도……."

또다시 시작되는 햄릿의 콩죽 타령에 노빈손이 말했다.

"최후의 수단이다. 내가 이짓까지는 안 하려고 했는데."

어느새 노빈손의 손에는 땜장이가 포기한 구멍 난 깡통 하나가 들려 있었다.

어얼~씨구씨구 들어간다. 저얼~씨구씨구 들어간다~

"내가 못살아. 아예 구걸을 하시려고?"

햄릿은 창피하다며 펄쩍 뛰었지만 노빈손은 굴하지 않고 목청을 가다듬었다.

"맛이 안 사네. 현대적으로 바꿔 볼까?"

손수건을 두건처럼 쓰고 한쪽 바지만 착착 걷은 노빈손은 즉석에서 힙합 버전으로 바꾼 각설이 타령을 시작했다.

각 지역의 특징을 딴 유머들
같은 나라임에도 불구하고 잉글랜드, 스코틀랜드, 웨일스는 서로 사이가 좋지 않다. 영국 유머는 각 지역의 특징을 따서 스코틀랜드 인은 구두쇠로, 웨일스 인은 로맨티스트로, 잉글랜드 인은 냉혈한으로 묘사하고 있다. 그리고 바다 건너의 아일랜드 인은 엄청난 술꾼으로 그려진다.

"느낌 좋은데유? 그럴싸해유."

백곰은 박수를 쳤지만 햄릿은 노빈손의 입을 막으려 했다. 그러나 노빈손은 햄릿을 피해 더 열심히 랩을 했다.

'주인님 혼자 고생하시는디……'

고군분투하는 노빈손을 따라 데이비드 백곰도 움찔움찔, 배경음을 깔았다. 현대인이 본다면 비트박스라고 불릴 만한 거였다. 낯선 소리에 한두 명씩 구경꾼이 모였다.

사람들이 점점 더 모이자 노빈손은 '뭐 해? 너도 얼른 합류해' 라는 강력한 메시지를 담아 햄릿을 찌릿찌릿 째려봤다.

'아아, 굶주린 육신이 기어이 정신을 놓는구나.'

햄릿이 하늘을 우러러 한숨을 크게 내쉬더니 구멍 난 냅킨을 허공에 뿌리면서 걸어 나왔다.

힙합이란?
1970년대 초 뉴욕 흑인들에 의해 처음 생긴 힙합은 '엉덩이를 흔든다'는 말에서 유래했다. 흔히 힙합 하면 랩을 떠올리는데 그 외에 레코드판을 움직여 잡음을 섞는 디제잉, 벽에 스프레이 페인트로 낙서 그림을 그리는 그래피티(graffiti), 관절을 꺾는 브레이크 댄스 등이 모두 힙합을 이루는 요소다. 랩을 할 때는 운율을 맞추는 라임이 중요하다. 노빈손이 하는 랩를 들어 보면 라임이 척척 잘 맞고 있다.

헤이 빈손, 너의 비트는 정말 환상적이었어~

마이 네임 이즈 햄릿, 내 얘기 한번 들어 볼래?

권력에 미쳐~ 황금에 미쳐~

왕자도 팽개친 신하들은 철면피~

엄마한테 대들면 쌍코피, 명절날에 미는 건 만두피,

외계인이 헌혈하면 파란 피~

좋은 건 콩죽, 먹은 건 피죽, 우리 모두 합죽,

뿌빠라빠빠 뿌빠빠~

다같이 손 머리 올려, 푸쳐 핸접~ 푸쳐 핸접~

"잘한다!"

두 사람이 번갈아 가며 지어낸 가사는 하루아침에 거지가
된 신세 한탄, 감옥 생활의 서러움, 화려하지만 비참하기도
한 런던 풍경 등등의 다채로운 내용이었다. 어느새 무리를
이룬 관객들은 박수를 치며 열광했다. 백곰이 재빨리 깡통을
돌렸다.

"완전 멋지다!"

"속이 다 시원하네."

노빈손 일행은 앵콜을 세 번이나 받으며 첫 번째 거리 공
연을 무사히 마쳤다. 다시 분수대로 돌아가 깡통을 거꾸로
쏟았더니 동전이 수도 없이 쏟아졌다.

"우아, 이 정도면 배불리 먹을 수 있겠다!"

영국에서는 차가 왼쪽
으로 달리고, 자동차 운
전석은 오른쪽에 있다.
스위치를 켜려면 올리
는 게 아니라 내려야 하
고 수도꼭지도 왼쪽으
로 돌려야 물이 나온다.
또 영국은 1층을 '그라
운드 플로어(ground
floor)'라고 부르거나 0
층으로 부른다. 뭐든 반
대인 영국에서 한국 사
람이 적응하려면 처음
엔 좀 헷갈릴 것이다.

"대성공이에유."

세 사람은 일차로 식당에 가서 배가 볼록해질 때까지 고기 파이를 해치웠다. 그리고 숙박비가 싼 여관방을 잡아 깨끗이 씻고 누우니 별 다섯 개짜리 호텔이 부럽지 않았다.

"영국에 와서 오늘처럼 맛있는 식사는 처음이야."

"내일 또 할까유?"

백곰과 노빈손이 동시에 햄릿을 쳐다보자, 햄릿은 돌아누우며 들릴 듯 말 듯 작은 소리로 웅얼거렸다.

"왕자도 세상 물정은 알아야 하니까……. 그런 거니까……."

다음 날은 구경꾼이 두 배로 늘었다. '얼씨구씨구 체키럽'을 신나게 외치는데 사람들 속에 섞여 있던 괴로피셔 백작이 슬그머니 자리를 떴다.

잠시 후 각목을 허리에 찬 병사가 구경꾼 사이를 비집고 나타났다.

"신고가 들어왔다. 구걸은 불법인 거 몰라?"

"우린 거리 공연을 하고 있는 건데요?"

"이런 게 공연이면 난 검찰 총장이다, 이놈아!"

관중들 사이에서 "우우" 야유가 쏟아졌다. 그러나 병사는 비렁뱅이가 분명하니 셋에게 주인을 대라고 했다. 주인이 없으면 불법 구걸로 간주해 재판에 넘기겠다는 것이다. 재판이라는 소리에 노빈손과 햄릿의 얼굴이 창백해졌다.

무시무시한 부랑자 법
병사가 와서 노빈손을 감옥에 넣겠다고 한 것은 1572년에 생긴 '부랑자 법' 때문이다. 이 법이 생긴 후로 점쟁이, 마법사, 무면허 치료사, 떠돌이 땜장이, 음유시인들도 모조리 부랑자로 간주됐다. 걸리면 회초리를 맞고 귀에 낙인이 찍히기도 했고, 주인이 없는 사람은 교수형에 처하기도 했다. 나중에는 이들 모두를 홀랑 배에 실어서 미국이나 호주에 보내 버렸다고 하니 정말 부랑자들에게는 무시무시한 법이었다.

"브라보, 브라보!"

느닷없이 옆머리는 풍성하되 앞머리는 없는 '부분 대머리'
아저씨가 박수를 치며 앞으로 나왔다.

"수고하십니다. 애들은 제가 데리고 있는 배우들입니다.
거리에서 담력 훈련을 하는 중이죠. 자 여기 박카스라도 하
나 드시고……."

"정말입니까?"

병사는 대머리의 신원을 확인하더니 경례를 한 후 가 버렸
다. 노빈손은 가슴을 쓸어내리며 위기에서 구해 준 은인에게
공손히 인사를 했다.

"고맙습니다. 그런데 뉘신지?"

부분 대머리 아저씨는 명함 한 장을 내밀었다.

그러고 보니 위만 훌렁 벗겨진 머리, 가늘고 긴 콧수염과 턱수염, 한쪽만 한 금귀고리를 보니 영락없이 영국 관광 포스터에서 본 셰익스피어다.

"너희처럼 재능 있는 신인을 찾고 있지. 내 밑에서 몇 달만 교육을 받으면 훌륭한 배우가 될 거야."

이것이 말로만 듣던 길거리 캐스팅? 노빈손은 심장이 콩닥콩닥 뛰었다. 셰익스피어의 무대에 오른다면 무슨 역할일까? 아리따운 줄리엣과 사랑에 빠지는 로미오 역이면 잘할 수 있을 것 같았다.

"자자, 내 사무실에 가서 비즈니스 얘기를 마저 할까?"

"좋아요!"

세 사람은 셰익스피어와 함께 글로브 극장으로 향했다. 그 뒤를 따르는 또 다른 그림자가 있었는데 아무도 눈치 채지

명함은 언제부터 사용되었을까?

중국으로 추정되지만 지금과 용도는 달랐다. 기원전 2세기 경, 중국인들은 친구의 집을 방문했을 때 상대가 부재 중이면 이름을 적어 남겨두었다고 한다. 우리나라 최초의 명함 사용자는 첫 외국 유학생인 유길준이다. 유길준은 구한말에 교육과 계몽 운동에 힘쓴 개화 운동가이다.

못했다.

'끈기는 우리 괴로피셔 가문의 특징이지. 어차피 망한 인생, 네 놈을 손봐 주는 데 남은 생을 걸겠어!'

괴로피셔 백작은 복수심에 활활 불타는 눈동자로 그들의 뒤를 밟았다.

차력 백곰, 여장 햄릿, 비서 노빈손

"저기가 내 극장이다. 지구 극장. 온 세계가 나의 무대라는 뜻으로 지은 거지."

셰익스피어는 우아한 손짓으로 극장을 가리켰다. 여관 안마당을 벤치마킹했다는 극장은 앞으로 돌출된 높은 무대와 1층 스탠딩 석, 복도식으로 빙 둘러 의자가 놓인 2층과 3층으로 되어 있었다.

계약서에 사인을 하자 셰익스피어는 녹음 테이프를 4배속으로 돌린 것처럼 빨리 말했다.

"극단에 들어왔으니 할 일을 주겠다. 우선 덩치 큰 친구, 넌 차력이 딱이야. 요게 극단 홍보에 아주 그만이지. 햄릿, 넌 여장이 어울리겠어. 몸이 아주 호리호리한 게 44사이즈도 맞겠는걸? 특이하게 생긴 나의 뮤즈 노빈손, 넌 보고만 있어도 아주 웃긴 희곡이 생각날 것 같으니까 당분간 내 앞에서

명랑한 잉글랜드
엘리자베스 1세 시대에는 집집마다 악기가 있고 나그네와 일꾼들도 악보만 있으면 3부, 4부 합창을 할 수 있을 정도로 문화생활이 풍성했다. 무상 교육이 많아 중류층 이상이면 라틴어를 읽고 쓰는 사람도 많았다. 당시의 책들을 보면 여백에 자기 생각을 라틴어로 빽빽이 적은 메모가 나온다나 뭐라나?

알짱대며 비서 겸 조연출을 하도록. 그리고 가장 중요한 돈 문제 말인데, 초짜들의 주급은 원래 7펜스씩인데 너희는 특별히 9펜스씩 주마. 알아들었으면 해산!"

어리벙벙해진 세 사람은 셰익스피어의 사무실에서 나왔다. 정신을 차려 보니 백곰은 온몸에 사슬을 두른 채 수레를 끌고 있었고, 햄릿은 여자 의상을 바느질하고 있었으며, 노빈손은 무대 장치와 배우 스케줄을 점검하고 있었다. 다들 황당해하면서도 숙식이 해결되어 다행이라고 생각했다.

며칠 후 셰익스피어는 새로운 단원들을 소개했다. 그중에서 눈에 많이 익은 사람도 끼어 있었다.

"혹시 괴로피셔 백작님 아니세요?"

백작은 짐짓 깜짝 놀란 표정을 지어 보였다. 미행 끝에 따라온 거지만 시치미 뚝 떼고 여기서 처음 본 것처럼 연기를 한 것이다. 백작은 파산을 한 후 안 해 본 일이 없다며 한숨을 푹 쉬었다.

"백작님이랑 저는 아무래도 인연인 것 같아요."

"그래그래. 체면이 있으니까 내가 백작이었다는 건 비밀로 해 주라. 여기서 내 예명은 '노미오' 다. 알았지?"

백작은 노빈손이 내민 손을 잡으며 환하게 웃었다. 그러나 노빈손이 가 버리자 웃음이 싹 가시고 특유의 비열한 표정으로 돌아갔다.

'인연을 악연으로 만들어 주지.'

로열 셰익스피어 극단
1879년 셰익스피어의 출생지인 스트랫퍼드어폰에이번에서 창설됐다. 셰익스피어 기념 극장 소속으로, 매년 30회 이상 셰익스피어 작품으로 공연을 하고 있다. 여왕의 허가를 얻은 단체로 '전영국예술진흥회'를 통하여 많은 국고 보조금을 받고 있다. 고전극을 주로 공연하지만 보수적이지 않고, 고전주의에 대한 새로운 해석과 전위 실험극까지 대담하게 채택하여 극단에 새로운 바람을 일으켰다.

백작의 미소가 더욱 일그러졌다.

영감이 마구 떠올라

"영감이 마구 떠올라!"

오늘도 셰익스피어의 작업실에서 우렁찬 목소리가 울려퍼졌다. 이어서 깃털 펜이 사사삭 움직이며 종이를 메웠다.

비서가 된 노빈손은 그가 왜 그렇게 앞머리가 훌러덩 벗어졌는지 알 것 같았다. 셰익스피어는 단순한 극장 주인이 아니었다. 그는 수탉이 울기도 전에 일어나 희곡을 썼고 틈틈이 무대 장치와 도구도 스케치했다. 배우가 펑크를 내면 대신 올라가 땜질을 했다. 어떨 땐 1인 5역도 했는데, 대사를 전부 외우는 사람이 바로 대본을 쓴 자신뿐이기 때문이다.

"정말 대단하세요, 사장님."

"이건 아무것도 아냐. 유랑 극단 생활을 할 때는 열 배는 더 고생을 했어. 진눈깨비는 날리지, 수레바퀴는 빠졌지, 어린 배우들은 질질 짜지……. 그 시절을 생각하면 지금은 엄청 출세한 거야."

셰익스피어는 어깨를 으쓱하더니 사장이라고 부르지 말고 '작가님'이라고 부르라며 신신당부를 했다.

"지난주 극단 흥행표 나왔니?"

“여기요. 근데 흥행에 연연하면 작품성이 떨어지지 않나요?”

“모르는 소리! 무대는 마술과 상술의 결정체여야 하는 법. 대중의 마음을 사로잡을 수 없다면 진정한 작가라 할 수 없는 거야.”

이렇게 현실적인 말을 하면서도 셰익스피어는 순식간에 돌변해 명대사를 날렸다.

“오, 인간이란 얼마나 위대한가! 이성은 고귀하고, 능력은 무한하며, 생김새는 깔끔하고, 행동은 천사 같고, 이해력은 얼마나 신 같은가. 한데, 내겐 이 무슨 흙 중의 흙이란 말이더냐……! 얼른 받아 적어!”

셰익스피어에게는 못 말리는 버릇이 있는데, 시도 때도 없이 큰 소리로 대사를 읊어 대는 거였다.

“네 친구 햄릿 말이야, 걔가 만날 지껄이던 말이 뭐지? 이 대목에 딱인데.”

“‘사느냐, 죽느냐 그것이 문제로다.’ 요?”

“음, 좋구먼. 그 친구를 모델로 극을 하나 써야겠어.”

셰익스피어는 주변의 온갖 인간을 소재로 써 먹었고, 장터에 떠도는 소문도 곧잘 새로운 이야기로 엮었다. 예를 들어 가출 소년 소녀 로미오와 줄리엣을 붙잡아 일장 훈계를 늘어놓은 다음 슬픈 사랑 이야기로 탈바꿈하는 식이다.

“그나저나 전 언제 데뷔시켜 주시는 거예요? 당장이라도 무대에 세울 것처럼 데려와 놓고는 아직 연기 한번 안 시켜 주셨잖아요."

"요즘은 비극이 먹히잖니. 너처럼 웃기게 생긴 애가 올라 가면 바로 코미디가 돼서 안 돼."

노빈손은 입술을 뾰루퉁하게 내밀었다.

여장한 햄릿, 한 방에 뜨다

"빨랑빨랑 준비하세요. 무대 올라가기 십 분 전!"

자칭 셰익스피어의 비서이자 조연출인 노빈손은 배우 대기실의 문을 탕탕 쳤다.

"햄릿, 너 어디 있니? 드레스 다 입었어?"

노빈손은 대기실 문을 벌컥 열었다. 16세기엔 여자가 무대에 오를 수 없어 남자가 여자 역할을 대신한다는 사실도 극단에 취직한 후에야 알았다. 햄릿은 강력히 항의했지만 셰익스피어의 캐스팅에 토를 달 권한은 아무에게도 없었다.

"……나, 여기 있어."

허리까지 내려오는 금발에 레이스가 달린 드레스를 입은 여배우가 구석에서 입을 열었다.

"우아, 너 진짜 예쁘다. 내 여자 친구 말숙이보다도 나은데?"

미니스커트는 누가 발명했나?
1960년 여름, 영국의 의상 디자이너 메리퀸트가 미니스커트를 발명했다. 당시만 해도 여성들이 무릎 위 허벅지를 드러낸다는 것은 상상할 수 없는 일이었다. 그러나 미니스커트는 나오자마자 폭발적인 인기와 함께 영국뿐 아니라 세계를 강타하게 된다. 조신하지 못한 옷이라며 비난하던 영국 정부도 결국 메리퀸트에게 훈장을 수여하였다.

"한마디만 더 하면 넌 친구도 아냐."

햄릿은 부들부들 떨면서 깃털 부채를 꽉 쥐었다. 속눈썹을
붙이고 입술을 붉게 칠하니 웬만한 영화배우 뺨칠 정도였다.

"이건 악몽이야! 설마 관객 중에 덴마크 사람은 없겠지?"

이러는 사이에 관객들이 꾸역꾸역 밀려 들어왔다. 수업을
땡땡이 치고 온 대학생, 장인의 작업장을 빠져나온 도제, 상
점 문을 닫고 온 점원 등 서민 관객들은 왁자지껄 떠들며 땅

콩을 까 먹었다.

"자네 저번 주말 공연 봤나?"

"당연하지. 햄릿이 레어티스 옆구리에 칼을 팍 찌르는데 오셀로가 데스데모나의 목을 조를 때만큼이나 소름이 쫙 돋더라니까."

"역시 셰익스피어 극단의 공연은 화끈해."

햄릿은 셰익스피어가 자기를 모델로 극을 썼음에도 불구하고 주인공이 아닌 오필리어 역을 준 건 너무하다고 불평했지만 소용없었다. 마지못해 대본을 받아든 햄릿은 급기야 울분을 터뜨렸는데 중간부터 오필리어가 미쳐 버렸기 때문이다. '아름다운 미친 여자' 연기를 주문한 셰익스피어는 햄릿이 울든 말든 연습에 박차를 가했다.

그러나 막상 햄릿이 무대에 오르자 역시 셰익스피어가 옳았다는 것이 증명됐다.

"오! 새로운 오필리어네?"

"누나 너무 예뻐요!"

우수 어린 눈동자에 창백한 낯빛. 햄릿은 의외로 관객들에게 선풍적인 반응을 일으켰다.

다음 날 타블로이드 전단지에는 '스타 탄생!', '런던을 사

레어티스와 데스데모나는 누구?
레어티스는 셰익스피어의 4대 비극 중 하나인 『햄릿』에 등장하는 인물이다. 햄릿이 사랑했던 여인 오필리어의 오빠인 레어티스는 햄릿이 오해로 죽인 자신의 아버지의 원수를 갚기 위해 햄릿과 펜싱 시합을 하게 된다. 그러나 독을 바른 자신의 칼에 죽음을 맞고 만다. 『오셀로』에 등장하는 오셀로의 아름다운 아내 데스데모나 역시 오셀로의 오해로 인해 죽게 된다.

로잡은 청순한 오필리어' 등의 제목 아래 여장한 햄릿의 초
상화가 일제히 실렸다.

햄릿은 비가 와서 공연을 못 하도록 고사까지 지냈지만 영
국인들은 웬만한 비에는 까딱도 안 했다. 햄릿의 얼굴에는
슬픈 그림자가 드리워졌다. 그럴수록 팬들만 늘었지만.

글로브 극단의 인기 스타

햄릿이 우수 어린 눈망울로 여주인공을 휩쓸었다면, 남자 주
인공 역을 도맡아 열연하는 또 다른 스타가 있었다. 뒤늦게
입단했지만 놀라운 연기력으로 주연을 따낸 그의 이름은 바
로 노미오 즉, 괴로피셔 백작이었다.

암기 위주의 주입식 교육에다 생각을 영상으로 떠올리는
버릇이 있어서일까? 백작은 누구보다 대본을 빨리 외웠고 엉
성한 무대에서도 진짜 성에서 싸우는 왕처럼 열연했다. 특히
두 딸에게 버림받고 광야에서 미쳐 가는 리어 왕, 오셀로를
쥐고 흔드는 간신 이아고, 야심 때문에 살인을 저지르는 맥
베스 연기는 누가 봐도 일품이었다.

"억양 좋고, 감정 좋고!"

연기를 지시하던 셰익스피어가 감탄할 정도였다. 연습이
끝나면 노빈손은 얼른 홍차를 타서 배우들에게 돌렸다.

"오늘 연기 좋았어요. 진짜 잘하시는 거 같아요."

"정말? 정말 멋졌어?"

백작은 자신이 노빈손을 증오한다는 사실을 잠시 잊은 채 기쁜 표정을 지었다. 노빈손을 괴롭히기 위해 극단에 들어왔건만, 뜻밖에 연기력을 인정받자 조금씩 마음이 흔들렸다. 여기저기서 칭찬이 쏟아지고, 여성 팬들이 보낸 팬레터와 꽃다발이 쌓여 가자 백작 스스로도 배우 일에 푹 빠졌던 것이다.

'가난한 귀족으로 사는 것보다 이게 훨씬 재밌잖아? 아, 난 다시 태어나도 배우가 되어야 할 운명인가 봐. 관객 앞에 서면 노빈손이고 복수고 싹 잊어버린다니까. 아냐, 노빈손은 혼내 줘야 해. 그게 내가 극단에 들어온 목적이잖아……'

괴로피셔 백작은 뒤늦게 발견한 재능 때문에 악당으로서의 정체성을 잊은 채 오락가락하고 있었다.

오, 로미오!
그대의 이름은 왜 로미오인가요

일주일 후 셰익스피어가 중대 발표를 했다.

"다음 작품은 우리 극단의 히트 레퍼토리, 『로미오와 줄리엣』입니다. 이번 공연에 아주 귀한 관객이 오시는데 바로 엘리자베스 여왕 폐하십니다!"

"우아!"

단원들이 웅성웅성거리기 시작했다. 여왕 앞에서 공연을 한다는 건 배우로서 최대 영예이기 때문이다.

'잘하면 다시 여왕님을 만날 수 있어.'

노빈손에게 얼마나 잘해 줬던 엘리자베스 여왕인가. 노빈손은 여왕을 꼭 다시 만나 자신이 절대 반역자가 아니라고 말하고 싶었다.

"줄리엣은 역시 햄릿이 맡아야겠지?"

예상대로 로미오 역엔 노미오(괴로피셔 백작)가, 줄리엣 역엔 햄릿이 캐스팅됐다. 다들 축하를 했지만 햄릿은 우울하게 고개를 푹 숙였다.

"뭐해? 좀 있으면 막이 오르는데!"

노빈손은 몸이 달아 화장실 문을 탕탕 쳤다.

"나 과민성대장증후군이야. 아주 죽겠다고."

"지금 그럼 어떡해? 괄약근 꽉 조이고 어서 나와!"

그러나 햄릿은 화장실 문고리를 붙들고 나올 줄을 몰랐다. 노빈손은 셰익스피어에게 얼른 달려갔다.

"큰일 났어요! 햄릿이 배탈 나서 공연을 못 한대요."

배우들이 동요하는 가운데 셰익스피어가 특단의 조치를 내렸다.

“할 수 없지. 노빈손, 어서 여장해.”

“네? 제가 나오면 비극이 아니라 코미디가 된다면서요.”

“이 마당에 줄리엣 대사를 소화할 수 있는 건 너밖에 없잖아. 이 나이에 내가 하리? 차력하는 백곰이 하리? 시간 없어. 빨리 분장해!”

평소 햄릿의 대사 연습을 도와준 게 문제였다. 멍하니 서 있던 노빈손은 셰익스피어의 고함에 분장실로 뛰어갔다.

‘로미오가 되고 싶었지 줄리엣이 되고 싶었던 건 아니라고!’

그간 조연출자 혹은 무대 심부름꾼으로만 들락거렸던 분장실에 배우가 되어 앉자 기분이 묘했다. 벽에는 ‘애드리브 금물!’ 이라고 적혀 있었다. 대본이 달라지는 것을 엄청 싫어한 셰익스피어가 친히 써서 걸어 둔 것이다.

‘윽, 옷이 너무 작아.’

햄릿의 사이즈에 맞춘 옷들은 너무 작았다. 백곰이 코르셋을 꽉 조이지 않았다면 드레스가 들어가지도 않았을 것이다. 화장 후 가발을 쓰고 나서도 노빈손은 거울을 보지 않았다. 그 편이 정신 건강에 이로울 것 같았기 때문이다.

마침내 막이 오르자 해설자 역을 맡은 배우가 올라가 우렁차게 외쳤다.

“아름다운 도시 베로나에서 유서 깊은 두 집안이 해묵은 원한의 불씨로 싸우나니……”

신사의 나라에서 레이디 퍼스트!
신사의 나라 영국에서는 특히 숙녀들에 대한 배려가 남다르다. 때문에 여성이 있으면 남자가 먼저 문을 열어 주고, 길을 양보하고, 계단을 오를 때는 여자를 앞에, 내려갈 때는 뒤에 세운다. 혹시 넘어지면 받쳐 줄 수 있으니까 말이다. 이런 행동이 예의 바름의 하나로 받아들여지고 있으니 남성들이 영국에 갈 때는 알아 두도록 하자!

공연은 순조롭게 흘러갔지만 캐플릿 가의 줄리엣이 등장
하자 난리가 났다.

"뭐야, 저 안티 팬을 부르는 줄리엣은?"

"눈 썩었다. 내 돈 물어내!"

관객들의 비난 속에 극은 어느새 가장 로맨틱한 발코니 장
면으로 이어졌다.

"오오, 로미오, 로미오! 그대의 이름은 왜 로미오인가
요……?"

불행히도 전신에 닭살이 돋은 노빈손과 노미오는 아무리
봐도 사랑에 빠진 연인으로는 보이지 않았다. 괴로피셔 백
작, 아니 노미오는 철천지 원수로 생각했던 노빈손을 아리따
운 연인으로 느껴야 하는 상황이 너무나 괴로워서 몸이 뻣뻣
이 굳었다.

"그대의 입술이 내 입술에서 죄를 씻어 내도다."

"그럼 내 입술로 죄가 옮겨졌나요?"

'맙소사, 키스신까지 있었나?'

차마 어쩌지 못하던 노빈손은 괴로피셔 백작의 손등에 뽀
뽀를 하는 것으로 대충 넘어갔다.

"저것이 감히 애드리브를 해?"

"우우! 집어쳐라. 집어쳐!"

무대 뒤에서는 셰익스피어가 펄쩍 뛰고, 관중들 사이에서
는 야유가 쏟아졌다. 사태가 심상찮게 돌아가는 가운데 이번

에는 취객 하나가 무대 위로 기어오르려고 했다.

"셰익스피언지 깽깽인지 알게 뭐야? 흥! 내가 누군지 알아? 나 옥스퍼드 나온 사람이야. 발로 써도 이보다는……."

툭하면 극장에 찾아와 시비를 거는 이 취객은 희곡 작가 지망생으로, 무명의 설움을 '이게 다 셰익스피어 때문이다'라는 망상증으로 발전시켰다. 그는 대학 근처도 못 가 본 놈이 이런 명작을 쓸 리 없다며 셰익스피어의 작품은 모두 대필 작가가 썼다는 유언비어를 사방에 퍼뜨리고 다녔다. 그러면서도 공연은 꼬박꼬박 보러 와 술에 취한 채로 행패를 부렸다.

'큰일이다. 공연을 망치겠어.'

취객은 어느새 무대에 손을 올리고 반쯤 올라온 상태였다. 그걸 본 노빈손은 대사를 하는 동시에 취객의 두 손을 살짝 밟았다.

"꽃보다 아름다운 그 얼굴에 숨겨진 독사의 마음이라니……."

"악!"

발을 밟힌 취객은 무대 아래로 떨어졌다.

"잘한다!"

"더 밟아!"

사람들은 이제 공연은 뒷전이고 순전히 엉뚱한 모습에만 집중하고 있었다. 화가 난 옥스퍼드 취객이 다시 무대로 기어오르기 시작했다.

한편으로는 취객에 신경 쓰느라, 다른 한편으로는 꽉 조이는 코르셋 때문에 정신이 혼미해진 노빈손은 드레스를 밟는 바람에 휘청하다 쓰러졌다. 그런데 얼른 옆을 짚고 일어선다는 게 그만 노미오의 바지를 홀렁 벗겨 버리고 말았다.

"로미오가 하트 무늬 빤스를 입고 있다!"

"으하하하. 대박이다!"

하필이면 하트 무늬 팬티를 입고 있던 괴로피셔 백작이 얼른 바지를 추켜올렸다. 그러나 걷잡을 수 없는 웃음의 불씨는 이미 번져 버린 후였다.

"노빈손 이놈!"

왕궁의 이사
만약 글로브 극단이 왕실 전속 극단이 된다면 당연히 화이트홀로 들어갔을 것이다. 그런데 영국의 궁전이 처음부터 여기였던 것은 아니다. 1550년대의 영국 왕궁은 햄튼 코트였다. 그 후 2백 년간 화이트홀 등 여러 성들이 왕궁으로 쓰이다가 빅토리아 여왕 시대부터 버킹엄 궁전이 왕의 주거지가 되었다. 관광객들이 많이 몰리는 버킹엄 궁전은 여왕이 머물러 있을 때는 국기를 내건다.

백작은 새빨개진 얼굴로 고래고래 호통을 쳤다.

"막 내려, 어서!"

무대 뒤에서 셰익스피어가 고함을 질렀다. 커튼이 닫히기 직전 관객석에서 날아온 토마토에 맞은 백작은 얼굴에 뻘건 물이 주르륵 흘렀다. 불행 중 다행으로 엘리자베스 여왕은 진작 자리를 떠서 이런 꼴까진 보지 않았다. 관중들은 입장 료가 아깝지 않을 만큼 야단법석을 피운 후 물러났다.

다음 날 아침, 셰익스피어는 노빈손을 조용히 불러 타블로 이드 전단지를 내밀었다. 거기에는 노미오의 하트 무늬 팬티 가 대문짝만 하게 실려 있고 '위기의 글로브 극단, 여왕 앞에 서 추태 부리다', '희대의 스타 노미오는 하트 무늬 애호가' 등등의 가십성 기사가 와글와글했다.

"네가 무슨 짓을 했는지 알겠지?"

"예. 근데 정말 고의는 아니었다는……."

"애드리브를 남발하고 내 극을 망친 배우는 필요 없다. 당 장 나가."

큼지막하게 '해고!' 라고 적힌 종이를 받아든 노빈손 일행 은 힘없이 글로브 극장을 나올 수밖에 없었다.

애드리브

배우가 대사를 까먹는 등 돌발적인 상황이 생 겼을 때 즉흥적으로 말 하는 대사를 애드리브 라고 한다. 16세기 엘리 자베스 여왕 시대 때 주 요 배역을 맡은 배우들 은 일주일에 4천 8백 행 까지 외워야 했다. 그러 니 자연 까먹는 일도 생 겼고, 이런 난감한 상황 을 막기 위해 '프롬프 터' 라는 것이 생겼다. 프롬프터란 공연 도중 배우에게 대사를 알려 주는 행위나 기계를 가 리킨다.

햄릿을 볼까,
리어 왕을 볼까?

에헴! 글로브 극단의 최고 인기 스타 괴로피셔 백작이야. 늦게 배운 도둑질에 날 새는 줄 모른다고 요즘 연기에 푹 빠져 있지. 내 가이드를 받다니 영광으로 알라고!

극장 건물 런던 극장들은 대부분 원형으로 생겼지만 우리의 글로브 극장은 살짝 각을 줘서 팔각형 모양이지. 꽉꽉 채우면 무려 3천 명이 들어가는 대극장이라고. 물론 가운데 지붕이 뻥 뚫린 노천극장이라 날씨가 나쁘면 공연을 취소할 수밖에 없었어. 그렇다고 비오는 날을 공치는 날로 생각하면 곤란해. 웬만한 비는 그냥 맞으면서 견디는 게 영국 풍습이라고.

무대 무대는 관객 쪽으로 툭 튀어나온 돌출형이지. 뒷배경과 무대장치는 최대한 간단하게 했어. 그렇다면 환한 대낮에 밤 장면은 어떻게 연출했

냐고? 천재일 뿐더러 잔머리도 남다른 우리 셰익스피어 선생님께서는 양초 한 자루로 가뿐히 해결하셨지. 배우가 초를 들고 나와 "벌써 밤이라니……!" 이렇게 대사 한번 쳐 주면 오케이!

1층 '그라운들링'이라 불리는 1층 객석은 서서 보는 자리야. 비가 오면 고스란히 맞아야 하지만 싸게 입장할 수 있어서 서민들이 주로 이용했지. 단, 소매치기가 득실거리니 주의해야 했어. 연극에 정신 팔려 있다가 털리는 일이 종종 있었거든.

2층과 3층 여관집 앞마당을 본떠서 만든 극장이라 2층과 3층은 복도식으로 빙 둘러서 있었지. 지붕이 있어 비를 피할 수 있었고, 앉을 수 있는 좌석이 있어서 요금은 약간 비쌌어. 돈 많은 중류 계급이나 귀족들이 주로 이용했지. 극장 후원자들은 특별히 VIP룸으로 모셨는데 무대에 직접 올라가 볼 수 있는 자리였어.

의상 무대 예산을 대부분 의상비로 쓸 정도로 의상에는 과감하게 투자했지. 보통 연상이 되게끔 의상을 디자인했는데 물의 요정이면 파랗고 하늘하늘한 천으로 된 옷을 입는 식이었지. 이런 식으로 숲에 사는 사람은 푸른색, 양치기는 흰색, 왕족은 자주색, 수도자들은 갈색 계통의 의상을 입었어.

여자 역할 16세기에는 무대에 여자가 오를 수 없었어. 그래서 여자 역할은 변성기 이전의 예쁘장한 소년들이 했지. 엄청 비싼 옷감으로 만든 드레스는 바느질을 하지 않고 대충 핀을 꽂아서 고정시켜 입었어. 왜냐고? 그래야 여러 사람이 돌려 입을 수 있잖아. 옷 한 벌 입으려면 핀을 200개쯤 꽂아야 했으니까 드레스 한번 입는 데 무려 여섯 시간쯤 걸리는 건 부지기수였어.

리처드 탈턴 흥이 나지 않으면 어김없이 나타나 박수를 유도하는 어릿광대는 항상 인기가 많았어. 최고의 어릿광대는 '리처드 탈턴'인데 이 양반은 늘 헐렁한 바지를 입고 드럼을 둥둥 치면서 나왔지. 커튼 밖으로 얼굴만 빼꼼 내밀어도 다들 극장이 떠나가라 웃었더랬지. 내가 눈물을 자극하는 비극 배우로 톱이었다면 그 양반은 웃음보를 터지게 하는 희극 배우의 톱이었지.

깃발 보통 공연은 오후 3시에 시작했는데 그때는 꼭 나팔을 울려서 알렸지. 공연 중이라는 표시로 지붕에 깃발을 게양하곤 했어.

셰익스피어의 생애

우리 사장, 아니 선생님의 인생은 한마디로 예술가적 기질이 다분한 젊은이가 대도시에 가서 서러운 무명 생활을 딛고 마침내 일류 작가가 되는 성공 스토리라고 할 수 있지.

선생은 1564년 스트랫퍼드에서 장갑 제조공의 아들로 태어났어. 중류 계급이지만 살 만한 집이어서 어릴 때 라틴어를 떼고 고전 문학을 공부했지. 하지만 집안이 폭삭 망해 열세 살까지밖에 학교를 못 다녔어. 다들 가방끈 짧다고 선생을 무시하는데 거리와 시장에서 선생의 위대한 문학적 자질이 영글어진 거 아니겠어?

열여덟 살 때 무려 여덟 살 연상의 여인과 결혼을 하지. 선생의 젊은 시절 8년은 완전히 베일에 싸여 있어서 나도 확실히는 몰라. 그사이 극장 잡부, 시골 학교 교사, 귀족 심부름꾼 등 안 해 본 일 없이 고생하셨던 모양이야. 아무튼 이십대 후반부터 배우와 극작가로 차차 인정받고 서른 살부터는 스타 작가가 돼서 승승장구하지. 그 후 글로브 극장의 주주가 되어 수입도 짭짤했어. 선생은 주옥같은 37편의 희곡과 150편의 소네트, 3편의 장시를 쓰고는 52세 생일날 너무 과음을 하는 바람에 세상을 떠났지.

돌발 퀴즈!

다음 중 셰익스피어에 대해 맞는 설명은?

① 셰익스피어는 찢어지게 가난했다.

② 셰익스피어의 글은 그가 죽은 다음 그의 친구들과 대학교수들이 함께 쓴 것이다.

③ 셰익스피어는 실제로 줄리엣이라는 여자를 사랑했다.

④ 셰익스피어는 아내에게 두 번째로 좋은 침대를 물려줬다.

정답 : 4번. 셰익스피어의 유언장에는 재산 대부분을 외손자에게 준다는 것과 더불어 '아내에게는 내 소유의 침대 중 두 번째로 좋은 것을 준다'고 적혀 있었다. 제일 좋은 침대는 누가 차지했을까?

햄릿

출연 ▶ 햄릿, 햄릿 아빠, 햄릿 엄마(거투르드), 햄릿 삼촌(클로디어스), 햄릿의 미래 장인(이 될 뻔한 폴로니어스), 햄릿의 미래 처남(이 될 뻔한 레티어스), 햄릿의 미래 아내(가 될 뻔한 오필리어)

줄거리 ▶ 덴마크 왕자 햄릿은 성벽에서 죽은 아버지의 유령을 만난다. 아버지는 삼촌이 자신을 독살하고 어머니와 왕국을 손에 넣었다는 놀라운 이야기를 들려주는데……. 사색만 하던 왕자는 사색이 된 표정으로 그때부터 복수의 칼날을 간다. 화끈한 액션과 반전에 반전을 더하는 놀라운 스토리.

한 줄 교훈 ▶ 기왕지사 한 방 먹이기로 한 거 우물쭈물하지 말자!

리어 왕

출연 ▶ 리어 왕, 못된 첫째 딸 고네릴, 못된 둘째 딸 리건, 착한 셋째 딸 코델리어, 충직한 켄트 백작, 광대

줄거리 ▶ 자식에게 배반당하는 아버지의 찢어지는 심정은 왕이라도 다르지 않다. 딸만 셋을 둔 늙은 리어 왕은 첫째와 둘째의 아첨에 넘어가 두 딸에게 나라를 내주고 착한 셋째는 쫓아 버리는데……. 뒷방 늙은이 신세로 전락한 리어 왕은 딸들에게 무수한 구박을 받다가 번개가 치는 광야 한복판에서 미쳐 버린다.

한 줄 교훈 ▶ 왕도 한낱 인간이며, 인간은 벌거벗은 동물에 지나지 않는다.

맥베스

출연 ▶ 맥베스, 맥베스 부인, 뱅쿼, 맥더프, 못생긴 세 마녀

줄거리 ▶ 왕이 될 운명이라는 예언을 듣는다면 당신은 어떻게 할 것인가? 가만히 앉아 왕관이 오기를 기다릴 것인가, 아니면 예언이 현실이 되도록 움직일 것인가? 스코틀랜드의 장군 맥베스는 후자를 택했다. 세 명의 마녀에게 예언을 들은 맥베스는 덩컨 왕을 암살하는데……. 과연 맥베스의 운명은 어떻게 될까? 마녀의 또 다른 예언의 실체는?

한 줄 교훈 ▶ 살인은 살인을 부르고, 피는 피를 부른다.

오셀로

출연 ▶ 검고 착한 오셀로, 하얗고 착한 데스데모나, 하얗고 악한 이아고

줄거리 ▶ 일등 신붓감 데스데모나는 흑인 장군 오셀로를 사랑해 주위의 반대를 무릅쓰고 결혼한다. 행복할 것만 같던 신혼 생활엔 검은 먹구름이 끼는데, 먹구름의 정체는 바로 부하 이아고. 이아고는 데스데모나의 손수건을 훔쳐 부관 카시오의 방에 떨어뜨린다. 왜냐고? 둘 사이를 의심하라고! 오셀로의 마음엔 의심의 손이 자라고, 마침내 그 손은 청순한 데스데모나의 목을 움켜쥔다.

한 줄 교훈 ▶ 여자들은 손수건을 잘 관리할 것. 남자들은 증거 없이 사고치지 말 것!

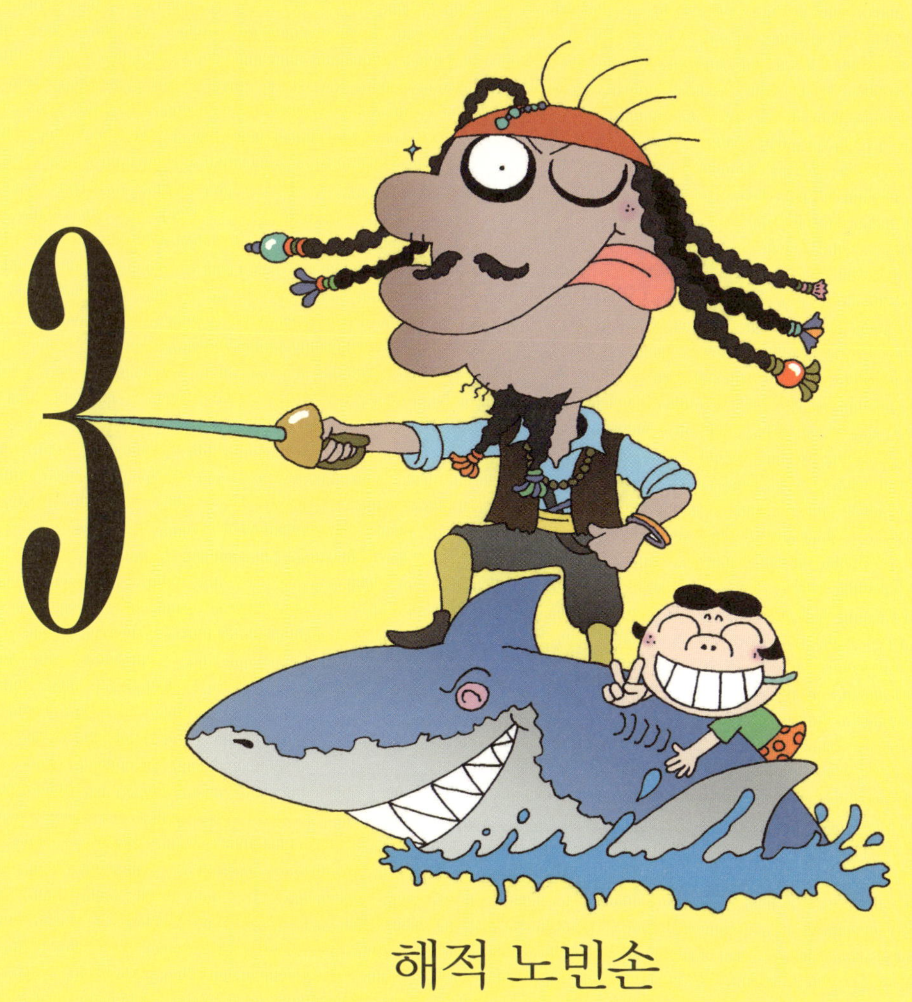

해적 노빈손

바다를 사랑하는 인재를 구합니다

극단에서 쫓겨난 햄릿과 백곰, 노빈손은 막막한 마음으로 템스 강변에 앉아 있었다. 셋은 강을 하염없이 바라보며 고민의 끝을 잡고 있었다.

"바로 저기야, 우리가 갈 곳은!"

노빈손이 벽을 보다가 갑자기 벌떡 일어섰다.

골든하인드 호는 바다와 보물을 사랑하는
16세기형 선진 해적 문화를 창조하겠습니다.

모집 부문　갑판, 항해, 조리, 약탈 등 전 부문
자격　만 17세 이상 신체 건강한 사나이(경력자)
특전　숙식 제공. 주급 2파운드(+약탈 건당 특별 수당 지급)
　맛 좋은 럼주와 고기 무한 제공
　목돈 마련의 기회
지원 방식　드레이크 선장과 면접 후 선발
접수　템스 강 하구에서 애꾸눈 잭을 찾으세요.

지금, 신청하세요!

　때는 마젤란이 세계 일주를 마치고 지구가 둥글다는 것이
입증된 16세기로 대항해 시대의 서막이 막 올라간 직후다.
바다는 먼 대륙으로 진출해 보물을 가져오려는 배들로 들끓
었다.

　"바다란 말만 들어도 몸속에서 뭔가가 꿈틀대지 않냐?"

　"기생충이 꿈틀대는 거겠지. 형편없는 음식만 먹으니까."

　햄릿은 늘 그렇듯 냉소적으로 반응했다. 노빈손은 바싹 붙
어서 설득에 나섰다.

　"먹여 줘, 재워 줘, 운 좋으면 보물을 찾을지도 몰라. 딱 우
리를 위한 직장이라고."

　"저길 똑똑히 봐."

햄릿은 지원 자격 끝에 조그맣게 쓰여 있는 '경력자' 란 구절을 가리켰다.

"전직 어릿광대와 전직 정원사, 전직 왕자인 우리는 해당 사항이 없다고."

"넌 손대면 톡 하고 터질 것만 같은 이 자신감이 어디서 나온다고 생각하니? 바로 풍부한 경험에서 진한 사골 국물처럼 우러나온 거라 이 말씀이야. 결론부터 말하자면 난, '경력자' 라고."

한껏 콧대를 세우느라 콧구멍이 훤히 들여다보이는 노빈손이 당당히 말했다. 그러자 구린데용 선장의 배를 타고 수정해골의 보물을 찾으러 다니던 시절이 아련하게 떠올랐다.

한편, 이 공고를 유심히 지켜보던 한 소년이 있었다. 여전히 런던 신사와 숙녀의 주머니를 노리는 소매치기 꼬마, 도저였다.

'열일곱 살, 열일곱 살…….'

도저는 원망스럽다는 듯이 공고를 노려봤다. 그때 억센 손이 도저의 어깨를 잡아챘다.

"이 녀석, 내가 누군지 알겠냐?"

사형대 밑에서 회중시계를 들고 있던 괴로피셔 백작이었다.

"아야야, 누구신데 이러세요?"

"네가 훔쳐간 시계가 꼭 필요한 사람이다. 널 얼마나 찾았
는지 알아?"

"그 시계는 제게 없어요. 맹세해요!"

도저는 모든 걸 털어놓았다. 시계를 훔친 직후 드레이크
선장을 만났고, 어찌어찌하다 보니 뺏겼다고. 회중시계는 전
세계에서 가장 무서운 해적선에 있다고.

'골든하인드 호, 그 안에 내 시계가 있단 말이지……'

백작은 입술을 깨물고 한동안 생각에 잠겨 있다가 이윽고
결심을 했다. 전 영국에 자신의 얼굴이 팔렸고 그 옆에 하트
무늬 팬티가 일생 동안 따라다닐 것이 분명한 지금, 어차피
뭍에서는 얼굴을 들고 다닐 수가 없는 처지다.

"좋다. 모험으로 가득 찬 인생이 내 잔이라면 단숨에 마셔
주마."

백작은 여전히 연극배우 같은 목소리로 외치고 나서 골든
하인드 호 지원서를 받아 들었다.

골든하인드 호의 면접시험

골든하인드 호 밖으로 길게 난 줄을 본 햄릿은 완전히 틀렸
다고 생각했다. 사무직도 아닌 해적 모집에 이렇게 많은 사
람이 몰릴 줄이야.

해적 평균 연령은 27세
해적들은 17~18세기 때
전성기를 누렸다. 영국
과 프랑스의 전쟁 후 많
은 선원들이 일자리가
없어서 하는 수 없이 해
적이 되었다고 한다. 해
적의 대부분은 선원 경
력이 있는 20대였고, 평
균 연령은 27세로 젊은
편이었다. 그만큼 일이
힘들어서 나이 든 선원
은 견디기 어려웠던 것
이다. 일은 힘들어도 나
중에 약탈물이 골고루
분배되었기 때문에 먹
고 살기 힘든 많은 사람
들이 해적선을 탔다.

다리 한쪽이 없는 사람, 교수형 밧줄 문신을 한 사람, 썩은 이에서 독한 술 냄새를 풍기는 사람 등 해적 지망생들은 영국 날씨만큼이나 우중충했다.

'지원자도 이런데 해적 선장이면 얼마나 무서울까?'

햄릿은 겁이 났지만 태연한 노빈손에 꿀리지 않으려고 티는 내지 않았다.

"51, 52, 53번 준비해 주세요."

마침내 차례가 오자 세 사람은 안으로 들어갔다. 선장실에는 지구본과 각종 항해에서 얻은 진귀한 수집품이 놓여 있었다. 갈색머리에 멋진 모자를 쓴 드레이크 선장은 예상과 달리 부드럽고 온화한 인상이었다. 선장은 은으로 된 총을 닦다가 불쑥 질문을 던졌다.

"바다 하면 뭐가 생각나지?"

바다라……. 광대한 수평선, 끼룩대는 갈매기, 바람으로 팽팽해진 돛도 있을 것이다. 그렇지만 노빈손은 다른 걸 먼저 떠올렸다.

"그야 싱싱한 회죠."

"회? 그게 뭐지?"

엉뚱한 대답에 드레이크 선장은 눈이 동그래졌다.

"살아 있는 생선을 그 자리에서 얇게 포를 떠서 초장에 콕 찍어 먹는 건데요, 쩝, 말하면서 침이 다 고이네요. 하여튼 제가 제일 좋아하는 음식 베스트 쓰리 안에 들어가요. 진짜 맛있어요!"

"뭔가 무시무시하며 원초적인 음식이구먼. 좋아, 모험은 좀 해 봤나?"

"제가 외모는 이렇게 곱상한 귀공자 타입이지만 모험 하면 노빈손, 노빈손 하면 모험이 떠오를 정도로 산전수전 다 겪은 열혈남아라고요. 갈라파고스 가 보셨어요? 진시황제가 사는 중국은요? 이집트의 피라미드도, 버뮤다 삼각지대도 다 제 안방이라니까요. 구린데용 선장의 배를 타고 수정해골의 보물을 탐사한 적도 있고요. 무엇보다도 무인도에서 한 달 이상 살아 봤다고 하면 말 다한 거 아닐까요?"

모험 얘기가 나오자 노빈손은 입에 모터를 단 것처럼 신나게 떠들었다. 선장은 '요놈 봐라' 하는 표정으로 듣다가 어깨 너머의 두 사람에게도 질문을 했다.

"다른 둘은?"

"네? 저희요?"

햄릿은 벌떡 일어나 부동 자세가 됐고, 백곰은 깡패 시절 얘기를 할까 말까 망설였다. 노빈손이 재빨리 둘을 대신해 대답했다.

"우리 셋은 팀플레이로 런던탑에서 탈옥을 했어요. 얼마나 스릴이 넘치던지! 그거 아무나 하는 게 아니잖습니까?"

"너희들이 런던탑에서 탈옥을 했다고?"

이 한마디에 세 사람은 합격증을 받아들고 선장실을 나왔

『보물섬』 속에 등장하는 해적들의 현실
영국의 작가 스티븐슨이 쓴 소설 『보물섬』을 보면 외다리에 엄청난 카리스마를 지닌 해적 선장, 보물을 묻어 놓은 한 장의 지도, 배 위의 반란과 선상 재판 등 해적에 대한 자세한 묘사가 나온다. 하지만 실제 해적들은 이렇게 환상적인 모험을 겪지 않았다. 대부분 배 위에서 굶주리거나 병에 걸렸고 잡히면 교수형에 처해졌다. 또 약탈 끝에 거금을 쥐어도 대부분 술집에 가서 홀랑 써 버리고 도로 배를 타는 사람이 많았다고 한다.

다. 감옥에서 도망친 걸 대단한 경력으로 쳐 주는 직업은 해적밖에 없을 것이다. 어쨌거나 갈 데 없는 영국 본토를 벗어나 골든하인드 호의 승선이 허락된 것이다.

"참 대단하세유. 요새 같은 구직난에 셋을 동시에 취업시키다니."

"이쯤이야 누워서 떡볶이 먹기지 뭐. 근데 너 수영은 할 줄 아니?"

세 사람은 부푼 가슴을 안고 해골 깃발이 펄럭이는 해적선에 올랐다.

152

해적은 괴로워

육지를 떠난 지 얼마 되지 않아 바다는 그 광대한 모습을 드러냈다. 가도 가도 끝없는 수평선과 이따금 날아오는 갈매기만 보일 뿐 아무것도 그들을 가로막는 것은 없었다.

모습을 드러낸 것은 대서양뿐이 아니었다. 노빈손이 장담한 '팀플레이' 역시 실체가 드러났다.

"날씨 좋고, 햇빛 좋고!"

해적선이 크루즈 여행이라도 되는 듯 화려한 꽃무늬 남방을 입고 나타난 노빈손은 갑판에 해먹을 걸고 뒹굴거리며 "여기 만화책은 없나요?" 이딴 소리나 하기 일쑤였다.

"사람 살려요!"

햄릿은 배의 화장실(바다로 나 있는 널빤지에 구멍이 뚫려 있는 곳)에 빠져서 한바탕 소동을 피웠다. 혼쭐이 난 뒤로 자연의 부름을 필사적으로 무시하던 햄릿은 결국 변비에 걸려 얼굴이 노랗게 떴다.

"우웩, 우웨엑~!"

그나마 힘 좀 쓰겠다 싶었던 백곰은 뱃멀미가 너무 심했다. 보고 있던 사람들마저 토하고 싶어질 만큼 강력한 멀미를 해 대던 백곰은 "등 좀 두들겨 줘유."라고 외치며 울먹거렸다.

"백곰, 괜찮니?"

연신 등을 두들겨 주는 사람은 다름 아닌 괴로피셔 백작이었다. 골든하인드 호의 면접시험에서 백작은 놀라운 암산 실력을 선보여 '회계 담당'으로 당당히 합격했다.

노빈손은 무대에서 실수로 바지를 벗긴 일 때문에 백작을 볼 낯이 없었지만, 백작은 위선적인 미소를 띤 채 용서하노라고 말했다.

'저 녀석은 회중시계가 드레이크 선장에게 있다는 걸 몰라. 끝까지 모르게 한 다음에 내가 그 시계를 차지해야 해.'

백작은 햄릿과 백곰에게도 친절하게 대했다. 그러나 골든하인드 호 전체에서 세 사람에게 친절한 건 괴로피셔 백작과 드레이크 선장 단 두 사람뿐이었다. 나머지 해적들은 아무

뱃멀미를 안 하려면? 백곰처럼 뱃멀미에 약한 체질은 이렇게 하는 게 좋다. 첫째, 밥은 꼭 먹고 가볍게 걸어서 소화를 시킨 후 둘째, 배에 타면 매연이 나오는 배의 후미 부분이 아니라 중간 부분에 앉고 셋째, 시선은 파도를 보지 말고 먼 수평선을 향하면서 넷째, 친구들과 신나게 수다를 떤다. 귓구멍에 털이 많은 사람은 평형감각이 뛰어나서 멀미를 안 한다고 하니 귀 구멍을 한번 들여다보도록!

쓸모없는 세 사람을 눈엣가시로 여겼다.

"해적의 명예에 똥칠을 해도 분수가 있지!"

"포세이돈은 뭐 하나 몰라, 저런 놈 안 잡아가고."

갈고리 빌과 애꾸눈 잭은 특히나 세 사람을 못 잡아먹어

안달이었다. 둘 다 드레이크 선장의 오래된 부하로 선장을

따라 바다라는 바다는 모조리 가 본 베테랑이었다.

"선장님, 저 뺀질이들을 저대로 둬도 될까요?"

"왜, 귀엽잖아."

"고자질 같아서 이런 말 안 하려고 했는데, 빈손이가 선장님의 꽃무늬 커튼을 잘라다가 윗옷을 만들어 입었습니다."

드레이크 선장은 깜짝 놀라 창문을 쳐다봤다. 중국에서 구한 실크 커튼 한가운데가 뻥 뚫려 있었다.

"기강 좀 잡아야겠습니다. 말리지 마십쇼."

"너무 심하게는 하지 말게."

허락이 떨어지자 갈고리 빌과 애꾸눈 잭은 당장 세 사람을 소집했다.

"너희 셋은 정신 상태가 글러 먹었다. 고로 마음을 닦듯 이 갑판을 내일까지 모조리 닦도록 해라. 왁스 묻혀서 걸레질도 박박 하고. 윤이 안 나면 이 갈고리가 춤을 출 것이다!"

"아, 알았어요. 하면 될 거 아녜요."

세 사람은 서둘러 빗자루와 대걸레, 왁스를 들고 갑판 걸레질에 들어갔다. 그러나 삼십 분도 되지 않아 햄릿과 백곰

간이 배 밖으로 나왔다?

애꾸눈 잭의 안대를 건드리다니, 노빈손의 행동은 간이 부어도 엄청 부은 행동이었다. 그런데 왜 배짱 좋다는 말을 '간'과 관련짓는 걸까? 우리말엔 '간담이 서늘하다', '간이 배 밖으로 나왔다', '간이 콩알만 해졌다' 등 간과 담력을 연관시킨 표현이 유독 많다. 한의학에선 간을 용맹한 장군과 연관시켰기 때문이다. 실제로 간 기능이 좋은 사람은 매사 적극적이고 기운이 넘친다고 한다.

은 배를 움켜쥐었다.

"빈손아 미안, 나 설사 났나 봐."

"지는 또 토할 것 같아유!"

햄릿은 화장실로, 백곰은 배의 후미로 사라지고 갑판에는 휭하니 노빈손만 남았다.

"설마 나 혼자 다 닦게 되는 건 아니겠지?"

그러나 말이 씨가 된다고 돌아온 두 사람은 축 늘어져서 도저히 걸레질을 할 상태가 아니었다. 할 수 없이 노빈손 혼자 태양에 온몸을 그을리며 갑판을 닦았다.

"엉엉, 내리고 싶어……."

망망대해 한복판에서 도망갈 곳도 없는 노빈손은 광활한 해적선 위를 닦고 또 닦았다.

"엉엉, 하나님 감사합니다……."

노빈손이 갑판 위에서 울고 있을 무렵, 괴로피셔 백작 역시 감격에 젖어 울고 있었다. 마침내 드레이크 선장의 방에 몰래 잠입하는 데 성공한 것이다. 회중시계는 유리 진열장 구석에 있었다. 드레이크 선장은 감히 선장의 물건에 손을 댈 사람이 없을 것이라고 생각하여 진열장에 열쇠도 채워 놓지 않았던 것이다.

괴로피셔 백작은 두 번째로 손에 넣은 회중시계를 품에 안고 무사히 선장실을 빠져나왔다.

애꾸눈 잭의 목요일 안대 실종 사건

다음 날 갑판 상태를 점검하러 나온 갈고리 빌은 노빈손이 여전히 갑판을 닦고 있는 것을 보고 놀랐다.

'녀석, 보기보다 근성 있네.'

그때 선실에서 애꾸눈 잭의 비명 소리가 들려왔다.

"내 안대, 목요일용 안대가 없어졌어!"

애꾸눈 잭은 한 손으로 눈을 가리며 갑판으로 뛰어나왔다. 안대에 유난히 집착하는 애꾸눈 잭은 월요일은 초록색, 화요일은 노란 바탕에 검정 줄무늬, 수요일은 호피무늬 등등 요일마다 다른 안대를 했던 것이다. 평소 팬티는 안 갈아입어도 안대는 꼭 바꿔 쓰는 애꾸눈 잭의 버릇을 오래된 선원들은 잘 알고 있었다.

사방으로 안대를 찾던 애꾸눈 잭은 문득 익숙한 빨간 땡땡이무늬를 발견하곤 기겁했다.

"너! 그거 어디서 났어?"

"이거요?"

노빈손의 한쪽 무릎에 빨간 땡땡이무늬 천이 보기 좋게 박혀 있었다.

사정은 이랬다. 혼자 갑판을 다 닦은 노빈손의 바지 한쪽에 구멍이 났다. 기울 천을 찾던 백곰이 하필 빨랫줄에 널려 있던 애꾸눈 잭의 안대를 본 것이다. 마침 딱 맞는 크기였기

느리게 살아가기
영국에서는 책을 주문하면 2주 후에나 도착한다. 뿐만 아니라 기차 연착은 기본이고 배관공이나 수리공은 제시간에 오는 일이 기적일 정도로 항상 늦게 온다. 우체국, 은행, 철도, 병원에서 빈둥거리며 시간을 때우는 일에 익숙해져야 비로소 영국 생활에 적응한 것일 정도로 영국에서는 모든 것이 천천히 진행된다. 이건 날씨하고도 상관이 있다. 아무리 서둘러도 비가 오면 길이 막히고 늦어질 수밖에 없으니 차라리 느리게 살아가는 게 속 편한 것이다.

에 백곰은 멋모르고 가져다 예쁘게 바느질을 했다.

"너 살기 싫지? 응?"

"친구, 흥분은 건강에 해로워. 놈은 내게 맡겨."

애꾸눈 잭이 으르렁거리자 갈고리 빌이 짐짓 만류하며 나섰다. 갈고리 빌은 금니가 보이도록 씩 웃으며 노빈손에게 말했다.

"내일 새벽에 내 방으로 와."

'난 죽었다. 또 뭘 시키려고……'

그날 밤 울상이 된 노빈손은 도통 잠을 이룰 수가 없었다.

갈고리 빌의 상어 사냥

다음 날 갈고리 빌의 방으로 간 노빈손은 까무러칠 뻔했다. 벽에 날카로운 이빨이 한 줄로 늘어서 있었던 것이다.

"어서 와라, 노빈손. 난 준비됐다."

갈고리 빌이 실실 웃으며 노빈손에게 작살과 밧줄을 건네주었다.

"저건 뭐예요?"

"상어 이빨. 모두 이 몸께서 잡은 거지."

갈고리 빌은 상어에게 한쪽 팔을 잃은 후 주기적으로 원수를 갚기 위해 상어 사냥에 나서 왔다. 위험하기 짝이 없는 갈고리 빌의 상어 사냥에 아무도 조수로 나서지 않던 참에 노빈손이 때마침 걸려든 것이다.

두 사람은 작은 보트를 내려 망망대해로 나아갔다. 이런저런 일을 노빈손에게 시키던 갈고리 빌은 작살을 꺼내 닦으며 말했다.

"이제 참치를 던져라."

핏물이 뚝뚝 떨어지는 참치 덩어리를 바다에 던지고 시간이 흐르자 수면을 가르며 무언가가 나타났다.

"죠스다, 죠스!"

상어 특유의 삼각 지느러미를 발견한 노빈손이 고함치자 갈고리 빌의 작살이 허공을 갈랐다. 어느새 피 냄새를 맡고

온 상어들이 작은 배를 둘러싸고 있었다. 뒤이어 영화의 한 장면 같은 풍경이 펼쳐졌다. 바닷물이 심하게 요동치며 수면 위로 상어가 튀어 올랐다. 상어가 거대한 입을 쩍 벌리자 톱니 같은 송곳니가 드러남과 동시에 갈고리 빌이 작살을 있는 힘을 다해 던졌다.

작살이 꽂힌 상어가 스르르 물속으로 가라앉았더니 다음 순간 엄청난 힘으로 다시 튀어 올랐다. 보트가 뒤집힐 듯 물결이 출렁거렸다.

"으악!"

노빈손은 균형을 잃고 상어 떼가 득실거리는 바다에 빠졌다. 상어들이 노빈손을 꿀꺽하기 직전, 갈고리 빌이 두 번째 작살을 날리곤 노빈손을 건져 냈다.

"콜록, 콜록!"

노빈손이 바닷물을 한 바가지나 먹고 기침을 하자 갈고리 빌은 등을 두들겨 주며 들릴락 말락 하는 소리로 중얼거렸다.

"전에 드레이크 선장님이 날 구해 주고 내 등을 이렇게 두들겨 주셨지."

갈고리 빌은 추억을 더듬는 듯 눈이 가늘어졌다. 상어에게 한쪽 팔을 뜯기고 피를 흘리고 있을 때 드레이크 선장이 목숨을 걸고 총을 쏘아 자신을 구해 주었던 일이 떠오른 것이다.

"선장님에게 그런 감동적인 면이 있으세요?"

바다의 공포, 죠스
'죠스'는 원래 상어의 턱과 입을 뜻하는 말이다. 그러나 스티븐 스필버그의 영화에서는 한여름 피서지에 출몰해 사람들을 닥치는 대로 공격하는 공포의 백상어를 가리켰다. 영화의 비하인드 스토리를 하나 이야기하자면 「죠스」 1, 2편이 촬영되었던 미국 매사추세츠 주의 한 해변엔 백상어가 종종 나타났다고 한다. 자기가 주인공인 영화라 궁금했던 모양이다.

"도박에 빠진 곤드레 주방장을 사람 만든 것도, 애꾸눈 잭의 여동생이 노예로 팔려 갈 때 구해 준 것도 전부 선장님이야. 우린 드레이크 선장님 말 한마디면 목숨도 내놓을 수 있는 사람들이다."

그런 줄도 모르고 선장에게 까불었던 일이 생각나 노빈손은 얼굴이 화끈거렸다.

"소득이 한 마리밖에 없네. 이건 기념으로 너 가져라."

갈고리 빌이 상어 이빨 하나를 노빈손에게 주었다. 노빈손은 상어 이빨로 목걸이를 만들어 걸고 친구들에게 무용담을 늘어놨다. 물론 팔 할은 허풍이었지만.

맞혀 봐! 모르면 잘 찍고~

3단계까지 통과한다면 당신은 노빈손이 인정하는 영국 상
식 박사입니다. 지금, 도전하세요!

1단계 : 십자말 퀴즈

〈가로 열쇠〉

❶ 1215년 존 왕의 폭정에 맞서 의회가 체결한 각서. '대표 없는 곳에 과세 없다', '자유민은 재판에 의하지 않으면 체포할 수 없다' 등의 내용을 담고 있다.

❷ 영국 솔즈베리 평원에 있는 고대 유적. 커다란 돌들이 둥글게 늘어서 있다. '디아블로' 외에 여러 게임에도 자주 나온다.

❸ 영국 신사들의 기본 에티켓. '숙녀 먼저'라는 뜻이다.

❹ 껴안기. 서구에서는 가벼운 인사를 이렇게 한다.

❺ 영국의 가장 큰 식민지였던 나라로 엘리자베스 여왕은 '셰익스피어는 ○○와도 바꾸지 않겠다'고 말한 바 있다.

❻ 영국 국기의 별명

❼ 엘리자베스 2세 여왕이 살고 있는 궁. 빨간 재킷에 곰털 모자를 쓴 근위대 교대식으로 유명하다.

❽ 『햄릿』, 『리어 왕』, 『오셀로』에 이은 셰익스피어의 4대 비극 중 하나. 마녀의 예언을 듣고 왕을 죽인 주인공의 운명을 다뤘다.

❾ 원래는 영국의 유명한 비옷 브랜드로 시작했으나 이제는 트렌치 코트를 아예 ○○○코트라고 부를 정도로 대명사가 됐다. 삼색 체크무늬로 유명하다.

〈세로 열쇠〉

① 옥스퍼드와 케임브리지를 합쳐서 줄여 부르는 말. 옥스○○○.

② 마귀를 숭배하며 사악한 힘을 지녔다고 믿어졌던 여자를 지칭하는 말. 중세에는 ○○재판이 성행했다.

③ '내 사전에 불가능은 없다' 란 말을 남긴 프랑스 군인이자 황제. 유럽 본토를 휩쓸고 나중엔 영국까지 쳐들어왔으나 넬슨 제독이 이끄는 해군에 패한다.

④ 14세기 중기에 전 유럽에 퍼진 전염병. '흑사병' 이라고도 하며 쥐에 의해 퍼진다.

⑤ 여섯 번 결혼하고 두 명의 아내를 처형시킨 것으로 유명한 튜더 왕조의 왕. 부인 캐서린 왕비와의 이혼을 반대하는 교황에 맞서 '수장령' 을 내려 영국 국교회를 창시했다.

⑥ 『올리버 트위스트』, 『크리스마스 캐럴』을 쓴 저자. 빅토리아 시대의 사회 빈곤과 문제점을 예리하게 파헤쳤다.

⑦ 엘리자베스 1세 시대에 해상권을 놓고 영국과 격돌한 나라. '무적함대' 를 이끌고 싸웠으나 '칼레 전투' 에 져서 패권을 뺏긴다.

⑧ 잉글랜드 축구 클럽 중 하나로 박지성이 뛰고 있다. 맨체스터 유나이티드를 줄인 이름.

⑨ 추리 소설의 전설이 된 '셜록 홈스' 시리즈의 작가. 스코틀랜드 태생이며, 이름은 코난 ○○이다.

⑩ 영국의 대표적인 음식인 튀긴 생선과 감자. 피시 앤드 ○○.

⑪ 영국의 정식 명칭은 '유나이티드 ○○ 오브 그레이트브리튼 앤드 노던 아일랜드' 다.

⑫ 보리를 발효시켜 만든 술. 영국 사람들은 이것을 실온에 맞게 미지근하게 먹는다.

2단계 : Yes or No? 영국 사람들의 매너 상식

1) 레스토랑에서나 초대를 받아 식사를 할 때 트림이나 불쾌한 소리를 내면 안 된다.

2) 큰 소리로 코를 푸는 것도 실례다.

3) 티타임인 오전 11시나 오후 4시에 방문을 삼가라.

4) 애프터서비스를 불렀을 때 늦게 오면 따끔하게 화를 내야 한다.

5) 남녀가 함께 거리를 걸을 때에는 남자가 차도 쪽에서 걷고, 여성들끼리
길을 걷는다면 젊은 사람이 차도 쪽에 선다.

6) 방 안에서는 우산을 펴지 않는다.

7) 문을 열고 들어갈 때 뒤에 사람이 오는지 확인하고 만약 사람이 있을
경우 문을 붙잡아 준다.

8) 영국 사람과 친구가 되려면 처음부터 거리낌 없이 대하라.

9) 서먹서먹한 사이의 영국인을 만나면 날씨 이야기를 꺼내라.

10) 검지와 중지를 펴고 손등을 보이는 건 영국에서는 아주 큰 욕이다.

11) 공공장소나 지하철, 버스에서 낯선 사람을 오래 쳐다보면 실례다.

3단계 : 모르면 찍어라! 사지선다 퀴즈!

1. 다음 중 영국이 원조가 아닌 것은?

1) 축구

2) 샌드위치

3) 크리켓

4) 홍차

2. 영국 사람들의 특징이 아닌 것은?

1) 전통을 중시하고 보수적인 경향이 있어서 오래된 물건이나 습관을 소
중히 여긴다.

2) 영국은 아직까지도 계급 사회라 끼리끼리 어울린다. 상류층은 상류층
끼리, 중류층은 중류층끼리 어울리는 식이다. 그러나 다른 계급을 그다
지 부러워하지는 않는다.

3) 자기 나라에 대한 자부심이 대단하다.

4) 스포츠를 할 때 승부욕이 대단해서 수단과 방법을 가리지 않고 꼭 이
기려는 경향이 있다.

3. 영국 축구 선수가 아닌 사람은?

1) 조지 베스트

2) 알렉스 퍼거슨

3) 데이비드 베컴

4) 마이클 오언

4. 영국에서 흔히 볼 수 있는 풍경이 아닌 것은?

1) 낮은 구릉과 푸른 초원

2) 정원을 다듬는 할아버지

3) 무뚝뚝하고 불친절한 런던 경찰

4) 억수같이 쏟아지는 비

5. 영국 의회주의 운동 과정에서 나온 문서가 아닌 것은?

1) 권리청원

2) 인권선언

3) 마그나 카르타

4) 권리장전

▶ 정답 은 204쪽에서 확인하세요.

스페인 상선을 털다

"배다!"

한가로운 해적 생활에 드디어 비상등이 켜졌다. 망루에 올라가 정찰을 하던 선원의 목소리가 배 전체에 울려퍼진 것이다. 그동안 약탈의 맛을 보지 못한 해적들은 간만에 신이 났다.

"키를 좌현으로, 전속력으로 추격한다!"

드레이크 선장의 명령이 떨어지자 골든하인드 호는 일순 전투태세를 갖췄다. 해적선의 생명은 바로 놀라운 순간 속력. 이때를 위해 좁고 길게 개조한 골든하인드 호는 파도를 가르며 순식간에 스페인 배를 따라잡았다.

"네, 네놈들은 누구냐?"

"누군 누구야, 울던 아이도 뚝 그치게 하는 영국 해적이시지. 보물 다 내놔."

배 안에는 금화가 잔뜩 든 상자에서부터 은, 상아, 다이아몬드, 값비싼 후추, 엄청난 양의 진주가 쏟아져 나왔다. 해적들은 콧노래를 부르며 보물을 해적선으로 옮겼다.

"음하하핫! 이 맛에 해적 생활 하는 거지, 안 그래?"

"다 열심히 산 덕에 이런 날도 오는 거지, 뭐."

동전 한 개까지 알뜰하게 챙긴 해적들은 한곳에 보물을 모아 두었다.

해적들은 사기꾼?
바다 한복판에 '나 해적이오'라고 써 붙이고 다니면 다른 배들이 다 도망칠 것이다. 그래서 해적은 여러 가지 속임수를 썼다. 가장 흔한 속임수는 해골이 그려진 해적 깃발 대신 국기를 걸어 상선을 안심시키는 것이었다. 또 여자를 태워 접근하는 방법도 있었다. 하도 털리니까 상선들도 위장 전술을 폈는데, 가장 인기 좋은 방법은 배에 가짜 대포를 잔뜩 그려 넣어 군함처럼 보이도록 하는 것이었다.

사이좋게 나눠 갖는
전리품

무자비해 보이지만 해적들은 의외로 민주주의에 가까운 제도와 규율을 가지고 있었다. 다수결에 따라 약탈품을 분배했으며 해적이 지켜야 하는 규칙과 처벌을 정하여 선장이나 간부를 뽑았다. 이건 현대의 상선이나 해군 선박의 규율과 매우 비슷하다. 전리품 분배는 선장과 간부가 일반 선원의 두 배를, 일반 선원은 간부의 절반 정도를, 부상당한 해적은 약간 더 적게 받았다.

"우리는 바다의 젠틀맨이다. 스페인 배에 최소한의 여비는 주고, 나머지 보물은 공정하게 나눠 가질 것이다."

드레이크 선장은 보물을 배분하는 것이 약탈만큼이나 중요한 문제라는 것을 잘 알고 있었다. 하지만 새로운 회계 담당이 코앞에서 보물을 빼돌리는 것은 까맣게 모르고 있었다.

'이 정도면 근처의 모든 성들을 사들일 수도 있겠는 걸?'

시계를 빼돌리는 데 성공한 괴로피셔 백작은 간이 커질 대로 커져 있었다. 해적들이 곤드레만드레 취해 있는 사이 백작은 따로 빼돌린 보석을 자루에 담아 갑판 후미로 가져갔다. 거기에는 마룻바닥을 뜯고 만들어 둔 비밀 저장고가 있었다.

"먹자, 마시자!"

아무것도 모르는 해적들은 모처럼 손에 넣은 고급 포도주와 고기를 잔뜩 꺼내 즐겼다. 갈고리 빌은 구운 소시지를 갈고리에 콕 찍어 먹여 주려고 했지만 노빈손은 웬일로 고개를 저었다.

"노빈손이 먹는 걸 사양하다니, 해가 북쪽으로 지겠다."

축제 분위기인 해적들과 달리 노빈손은 기분이 좋지 않았다. 혼자 밤바다가 보이는 망루에 올라간 노빈손은 빈털터리로 사라지는 스페인 배의 꽁무니를 보며 중얼거렸다.

"빼앗은 보물을 다시 뺏기고 가는구나. 이것도 다 식민지 사람들의 보물이겠지?"

영국인들 사이에 혼자 한국인인 노빈손은 이 상황이 꼭 좋게 보이지는 않았다.

'우리나라도 일본 식민지 시절을 겪으며 온갖 수탈을 당하지 않았던가. 그걸 가지고 서로 싸우는 강대국의 모습이라니……'

"내가 뭐했는지 알아? 화장실을 혼자서 갔다 왔어! 빠지지 않으려고 무릎에 힘을 팍 주고……"

분위기 파악 못 한 햄릿이 뛰어오자 노빈손은 앉으라고 손짓했다.

"이 형님께서 간만에 사색 중이시다. 넌 저 금화가 뭐라고 생각하니? 저것도 식민지 사람들 것을 뺏은 거야."

"도둑질한 걸 또 턴 거니까 괜찮지 않나?"

"하지만 원래는 식민지 사람들 거잖아. 도대체 얼마나 더 가져야 이런 약탈이 끝나는 거냐고."

"네가 그런 말 하니까 너무 안 어울린다, 얘."

햄릿은 빈정거려 놓고 노빈손에게 지지 않을 멋진 말을 생각해 내려고 머리를 쥐어짰다. 잠시 후 햄릿이 목소리를 깔고 말했다.

"너 돈과 바닷물의 공통점이 뭔 줄 아니? 마실수록 목마르다는 거야."

"그렇구나. 근데 이런 대화를 하다니 우리 너무 멋진 거 아닐까? 듣는 사람이 없는 게 아쉽다."

169

영국의 제국주의
영국은 미국뿐 아니라 인도, 스리랑카 같은 아시아와 케냐 같은 아프리카 나라들도 식민지로 만들었다. 그러나 침략에 명분이 없었다. 그래서 생겨난 이론이 '문명화의 사명론'이다. 문명화된 정도를 보면 영국인은 '어른'인데 식민지 사람들은 '어린이' 수준이라는 거다. 고로 어른이 애들을 가르쳐야 한다는 식인데 이건 일본이 우리나라를 침략할 때 '근대화시킨다'고 말했던 거랑 같은 맥락이다.

"다 왕자인 나를 만나 네 수준이 업그레이드된 거지, 뭐."

자칭 왕자와 때때로 왕자병이 도지는 두 사람의 잘난 척은 한동안 이어졌다. 그때 일찍이 본 적 없는 미남 하나가 접시를 들고 다가왔다.

"드셔 보세유. 동방의 향신료인 후추를 뿌린 건데 맛이 괜찮아유."

"으악, 넌 누구야?"

노빈손과 햄릿은 깜짝 놀랐다. 늘씬한 몸에 서글서글한 눈동자, 날렵한 턱 선을 가진 꽃미남의 입에서 데이비드 백곰의 목소리가 흘러나왔기 때문이다.

"멀미를 너무 해서 몸무게가 팍 줄었슈."

뱃멀미로 본의 아니게 혹독한 다이어트를 한 데이비드 백곰은 정말로 데이비드 베컴을 닮은 미남이 되어 있었다.

해적, 해군이 되다

"폐하, 보물을 싣고 오던 저희 배가 또 영국 해적에게 당했습니다!"

"드레이크 선장이 여왕에게 작위를 받았답니다!"

"골든하인드 호가 해적에서 해군으로 승격됐다고 합니다."

"내버려 두실 겁니까?"

여기는 스페인 왕실. 빗발치는 보고를 받던 국왕 펠리페 2 세는 황금으로 된 왕좌를 쾅 내리쳤다.

누가 뭐래도 유럽 최강국 스페인이 아니던가. 포르투갈까지 합병해 더욱 강해진 이 마당에 조그만 섬나라가 자꾸 싸움을 걸어 오는 것이다.

'엘리자베스……. 더는 용서할 수 없다!'

더구나 펠리페 2세는 자기의 청혼을 요리조리 미루다가 끝내 거절한 영국 여왕이 무척 건방지다고 생각했던 터였다.

"무적함대 아르마다를 준비하라. 섬나라 영국을 불바다로 만들자!"

무적함대는 세계 곳곳에 스페인의 식민지를 건설했고 전투에 나가서 한 번도 진 적이 없었다. 이 함대는 국왕의 명령이 떨어지자 출정의 닻을 올리기 시작했다.

"결국 피할 수 없군요."

무적함대가 몰려온다는 보고를 받자 엘리자베스 여왕은 긴 한숨을 토했다. 전쟁은 여왕의 취향이 아니었다. 그러나 바다의 패권을 놓고 번번이 충돌하는 두 나라였기에 돌이킬 수 없는 순간이 다가온 것이다.

"군대를 소집하세요. 하워드 남작을 총사령관으로, 드레이크 경을 부사령관으로 임명하겠어요."

"말도 안 됩니다! 해적이었던 자를 어찌 부사령관으로 삼

잘나도 너무 잘난
펠리페 2세
펠리페 2세는 엘리자베스 여왕의 언니인 메리 1세와 결혼한 적이 있다. 그 후 스페인은 포르투갈을 병합해서 포르투갈의 왕도 겸한다. 미남에, 열렬 가톨릭 신자에, 궁정에 틀어박혀 '서류 왕'이라는 별명이 붙을 정도로 열심히 일했기 때문에 인기가 높았다. 하지만 칼레 해전으로 영국에 지고 페스트까지 유행하는 바람에 스페인의 전성기는 그의 죽음과 함께 서서히 막을 내리게 된다.

다니요."

"그럼 경이 전쟁에 나가겠소?"

"……."

귀족들은 아무 말도 하지 못했고, 결국 여왕의 임명장이
떨어졌다.

무적함대의 초승달 대형

스페인이 무적함대의 출정을 준비하는 사이 영국도 배들을
모아 대규모 선단을 준비했다. 모두들 이 한판의 승부에 나
라의 운명이 달려 있다는 것을 잘 알고 있었다.

"나처럼 곱게 큰 왕자가 널 만난 후 탈옥을 하지 않나, 구
걸을 하지 않나, 해적선에 전쟁까지 나가게 되다니……. 이
건 뭐 고맙다고 해야 하나?"

햄릿이 투덜거리며 감자 껍질을 벗겼다. 해적에서 해군으
로 승격되었어도 노빈손 일행의 보직은 '주방 보조'였던 것
이다.

"이거 다섯 개만 남겨 둘까유? 비상식량이 있어야 하잖아
유."

데이비드 베컴 못지않은 외모로 변신해 뭇 영국 처자들의
가슴을 설레게 한 백곰도 부지런히 감자를 까고 있었다.

영국을 무찔러라,
무적함대여!
무적함대는 1588년 스
페인의 펠리페 2세가 영
국을 침공하기 위해 플
랑드르(지금의 벨기에)
에서 출동한 대규모 함
대였다. 그러나 훈련이
잘된 영국군의 대포 공
격과 악천후, 항해 기법
상의 실수로 인해 무적
함대는 대패를 당하고
만다. 무적함대의 패배
로 인해 스페인은 쇠퇴
하게 되고 영국은 세계
강대국으로 부상하는
전초가 되며 네덜란드
가 독립하는 계기가 되
었다.

세 사람이 감자를 갑판 후미로 옮겼다. 방금 비상 보트를 뒤에 있는 배로 옮겼기 때문에 갑판은 텅 비어 있었다. 노빈손은 힘겹게 감자 자루를 나르다가 튀어나온 마루에 걸렸다.

"아얏!"

하마터면 넘어질 뻔한 노빈손이 마루판을 발로 쾅쾅 밟자 갑자기 아래로 푹 꺼졌다. 그러자 괴로피셔 백작의 비밀 저장고가 나타났다.

"이건 뭐지?"

자루를 열자 루비와 사파이어 등 온갖 보석이 가득했다. 더구나 그 가운데 노빈손을 그토록 애태운 회중시계가 떡하니 있는 게 아닌가! 놀란 백곰이 달려가 드레이크 선장을 불러왔다.

"내 규율을 어기다니 살기 싫은 놈이구나!"

노발대발한 드레이크 선장은 선원 한 명 한 명을 추궁하기 시작했다. 사실 추궁이 길어질 것도 없었다. 괴로피셔 백작의 얼굴이 눈에 띄게 하얗게 변했고 사시나무 떨 듯 떨었기 때문이다.

"네 이놈! 전부터 장부가 이상하다 싶었다."

드레이크 선장은 평소의 사람 좋은 모습은 온데간데없고 무서운 얼굴로 돌변했다.

"목숨만 살려 주십쇼, 제발!"

그러나 피도 눈물도 없는 해적들이 배신자에게 관용을 베

개와 고양이에게도 존중받을 권리가 있다!
영국 뉴스나 신문에서 심심찮게 등장하는 문제 중 하나가 '개와 고양이의 권리'다. 흔하게는 동물을 이용하는 실험 반대 운동이나 모피 입지 않기 운동, 총리 공관에 들어온 길고양이 행방불명 사건, 헤엄쳐서 강을 건넌 새끼 돼지를 천연기념물로 지정하려는 사건 등 동물들의 권리가 굉장히 중요한 이야깃거리로 등장하고 있다.

풀 리 없었다. 백작은 즉석에서 만들어진 널빤지 위를 걸어 가는 신세가 됐다.

"노빈손, 나 좀 도와 줘!"

괴로피서 백작은 얼마나 다급했는지 노빈손에게까지 도움을 청했다. 노빈손과 백곰이 드레이크 선장에게 목숨만은 살려 달라고 애원했지만 선장은 고개를 가로저었다.

"해적의 규율을 어길 순 없다."

"노빈소오오오온!"

결국 백작은 외마디 비명을 지르며 바닷물 속으로 빠지고 말았다. 그와 동시에 노빈손은 배에 있던 구명용 판자 하나를 바다에 떨어뜨렸다.

'백작님, 제발 그 판자를 잡으세요.'

노빈손은 간절히 바라는 마음으로 바다를 쳐다봤다. 그러나 판자도 백작도 보이지 않았다.

"배신자에게 벌을 내렸으니 공로자에겐 상을 주겠다. 노빈손, 이 중에 네가 갖고 싶은 보물 하나만 골라라."

멍하니 바다를 바라보던 노빈손은 가슴이 뛰었다. 그토록 바랐던 회중시계가 눈앞에 반짝이고 있었기 때문이다.

"전 이거면 돼요."

"그렇게 낡은 시계를? 하긴 보석이 박혀 있군"

회중시계를 집어든 노빈손은 다시금 바늘을 돌려 보았다. 여전히 잘 돌아가지 않는 바늘이었지만 일단 시계가 손에 돌아온 것만으로도 노빈손은 한시름 놓았다.

　이런 소동이 벌어지는 동안 수평선에는 수백 개의 까만 점들이 나타났다. 까만 점들은 차츰 배의 모습으로 바뀌더니 이윽고 무적함대 '아르마다'의 위협적인 모습이 드러났다. 마치 바다 속에서 불쑥 솟아난 거대한 성채 같았다.

　"곤드레 주방장님, 스페인 배들이 희한한 모양으로 떠 있는데요?"

　"저건 '초승달 대형'이라고 하는 거다. 무적함대 특유의 전술인데 끝의 두 곳에서 먼저 치고 나와 포위한 다음, 완전히 전멸시키려는 거지."

　"그럼 이렇게 스튜나 끓일 때가 아니지 않나요?"

"선장님이 절대로 말려들지 않을 거야. 아마 내일이나 돼야 전투가 벌어질 걸?"

과연 바다에서 잔뼈가 굵은 곤드레 주방장의 말대로였다. 드레이크 선장은 병사들을 모아놓고 이렇게 명령을 내렸다.

"절대로 적의 도발에 말려들면 안 된다. 스페인 배는 충돌 공격형 뱃머리를 장착했기 때문에 부딪치면 그걸로 끝장이다. 가까이 가는 건 위험해. 일단 대포로만 공격한다. 알았나?"

"네, 선장님."

다음 날 전투가 시작되자 양쪽 선단의 대포가 불을 뿜었다. 영국 대포는 여러 번 스페인의 배를 명중시켰지만 스페인 대포는 그보다 사정거리가 짧아 바다에 대포알이 빠지기 일쑤였다. 당황한 스페인군들은 영국군의 신경을 거슬리게 하는 온갖 말로 약을 올리며 영국 해군을 가까이 불러내려고 애썼다.

"겁 많은 영국 촌놈아. 무서워서 나오지도 않냐?"

"무적함대랑 겁도 없이 한판 붙겠다고? 간이 배 밖으로 출장 나왔구나."

"남자답게 붙자. 이리 와!"

적군의 욕설과 대포가 바닥날 무렵 쩌렁쩌렁한 드레이크 선장의 명령이 떨어졌다.

"돛을 모두 펴라. 전속력으로 돌격!"

골든하인드 호는 해적답게 빠른 스피드로 치고 나가 맨 앞의 스페인 배를 공격하기 시작했다.

"앗, 뜨거라!"

"오란다고 오냐."

스페인 배는 몇 척 부서졌지만 워낙 수가 많아 큰 손실은 아니었다. 무적함대는 다시 전열을 가다듬었고 영국군 역시 가까운 항구에서 대포알을 공수해 올 때까지는 공격을 중지 했다.

전투는 긴 교착 상태에 빠졌다.

감자전으로 아이디어를?

전투가 지연되자 드레이크 선장은 병사들을 불러 모았다.

"스페인 배들이 서서히 이동하고 있다. 이 지점을 봐라."

드레이크 선장이 가리킨 곳은 '칼레'라고 적힌 프랑스의 항구였다. 영국과 가까운 해안 하나만 건너면 금방 닿는 땅 이었다.

"오늘이 며칠이지? 이십팔 일, 이십팔 번!"

드레이크 선장은 학교 선생님과 비슷한 버릇이 있었다. 자 신의 군번이 불리자 노빈손은 심장이 철렁 내려앉았다.

"지도 보면서 느끼는 거 없나?"

"글쎄요. 전 지리하고는 영 어색한 사이라서……."

영국인들의 햇볕 사랑
영국은 비가 시도때도 없이 내리는 우중충한 나라! 그래서인지 여름 에 햇볕만 났다 하면 모 두들 옷을 벗어던지고 잔디밭에 누워서 일광 욕을 하느라 정신이 없 다. 집의 정원, 공원 한 복판, 심지어 교회 앞마 당이라도 예외는 아니 다. 영국의 햇볕은 한여 름에도 따갑지 않고 부 드러워서 일광욕을 하 기엔 안성맞춤!

말꼬리를 흐리던 노빈손은 에라 모르겠다 싶어 임기응변으로 대처했다.

"좁은 곳에서 어떻게 뭘 해 보려는 거 아닐까요?"

"그러니까 네 말은 놈들이 근접전을 원한다는 거군? 맞아. 영국군은 가까이서 하는 전투에 약하니까. 영국은 파도가 험해서 그런 훈련을 해 볼 기회가 적지."

"제 말이 바로 그거예요."

노빈손은 땀을 닦고 앉았다. 뒤에서 갈고리 빌이 근심어린 목소리로 말했다.

"네덜란드에서 무적함대를 지원하는 대규모의 부대가 오고 있다고 합니다."

"저쪽은 125척. 우리는 105척. 우리보다 20척이나 많습니다."

"이대로 시간만 끌다가는 우리가 불리해요."

무슨 수를 써야 하는 상황이었지만 뾰족한 방법이 없었다. 배 안에는 무거운 침묵이 감돌았다.

"일단 쉬었다가 다시 모이자."

답이 안 나오자 드레이크 선장은 선원들을 해산시켰다. 작전이 떠오르지 않을 때에는 높은 망루에 올라가 생각에 잠기는 것이 드레이크 선장의 버릇이었다.

"배고파 죽겠네. 분위기 심각해서 먹고 하잔 소리도 못 하겠고."

덴마크 왕자 햄릿은 영국에 대한 애국심이 없었다. 때문에 식사도 거른 작전회의가 끝나자 금세 허기가 밀려왔다.

"감자전이라도 해 먹을까? 재료도 많잖아."

"그래그래."

노빈손 역시 배가 고프던 터라 둘은 주방으로 달려갔다. 곤드레 주방장 몰래 감자 다섯 알을 꺼낸 두 사람은 화덕으로 갔다.

"이힛, 맛있겠다."

노빈손은 감자를 싹싹 갈고 계란도 듬뿍 넣었다. 납작한 팬에 기름을 두르고 반죽을 붓자 치이익 하는 소리와 함께 맛있는 냄새가 진동했다. 노빈손은 묘기를 부리듯 팬을 들어 반죽을 튕겼다.

"짜잔~! 고급 기술 들어간다. 공중 2회전!"

노빈손이 감자전을 허공에 띄운 순간, 팬의 기름이 화덕에 들어가 불꽃이 화락 튀었다. 불꽃은 옆에 걸려 있던 마른행주에 옮겨 붙으면서 순식간에 번졌다.

'음, 불이 났군.'

드레이크 선장은 불길이 이는 주방을 멍하니 바라볼 만큼 여전히 깊은 생각에 빠져 있었다.

"문득 시상이 떠오르는군. 골든 호 달 밝은 밤에 / 큰 칼 옆에 차고 깊은 시름을 하는 차에 / 어디서 불길이 솟아 남의 생각을 끊나니. 크~ 대구 좋고, 감정 좋고!"

맛꽝! 영국 음식
유명한 유럽 유머에는 이런 말이 있다. "천국에는 영국인 경찰관에 프랑스인 요리사, 독일인 기술자, 이탈리아 애인이 있으며, 스위스인이 모든 조직을 관리하는 곳이다. 지옥은 영국인 요리사에 프랑스인 기술자, 독일인 경찰관, 스위스 애인, 그리고 이탈리아인이 모든 조직을 관리하는 곳이다!" 음, 짐작했을 것이다. 영국 음식 맛이 어떤지.

뜬금없이 시 한 수를 지은 후 드레이크 선장은 또다시 생각의 가지를 뻗어나갔다.

'배 위에서 불이 나면 큰일이지. 초기 진화를 놓치면 물 위에서 불에 타 죽는 웃지 못할 일이 생겨 버려. 배 위에서의 불은 정말 치명적인 거야. 암.'

여기까지 떠올린 드레이크 선장은 무릎을 탁 쳤다.

"그래. 불이야, 불!"

'불' 소리에 정신이 번쩍 든 해군들은 너도나도 달려와 일제히 물을 부었다. 불길은 화덕을 다 태우고 부엌 커튼을 잡아먹은 후 천장으로 기세 좋게 타올랐다. 모두들 물을 퍼부은 끝에 불은 주방의 3분의 1가량만 태운 후 꺼졌다. 두 명의 방화범은 현장에서 붙잡혔다.

"중요한 전투를 앞두고 불을 내?"

갈고리 빌은 널빤지 위를 가리켰다. 괴로피셔 백작이 떨어졌던 바로 그 널빤지. 먼저 지목된 노빈손은 무서워서 이빨이 딱딱 부딪쳤다.

"노빈손, 해적의 방식으로 세상과 하직하는 걸 영광으로 생각해라."

"엄마야!"

노빈손도 푸른 바다에 떨어졌다. 떨어지면서 또다시 회중시계를 돌렸지만 아무 일도 일어나지 않았다. 이내 입 안 가득 차디찬 물결이 들어왔다.

"선장님, 노빈손이 불을 냈습니다. 저희가 처리했어요."

"그게 아니라 화공법 말이다. 스페인 배에 불을 지르는 거야. 오, 신이시여. 정녕 제가 이 작전을 생각해 냈단 말입니까! 아이디어 제공자, 노빈손은 어디 있지?"

"벌써 바다 속에 빠뜨렸는데요."

"건져 와!"

바닷물을 잔뜩 먹고 배가 볼록해진 노빈손은 구사일생으로 구출됐다. 벌써 몇 번째 죽을 고비를 넘긴 건지 세다 지친 노빈손이었다.

칼레 전투 전날 밤

훗날 역사가들이 '칼레 전투'라고 명명한 그 전날 밤.

작은 배 여덟 척이 어둠을 틈타 스페인 군단으로 조용히 다가가고 있었다. 배에는 기름과 화약이 잔뜩 실려 있었다.

"작전은 이렇다. 쓸모없는 배 여덟 척에 불을 붙여 무적함대 쪽으로 보내는 거야. 적들이 우왕좌왕하면 그때 총공격을 퍼붓는 거다!"

"알겠습니다!"

회의를 거쳐 정예요원들이 선발됐다. 그중에는 노빈손과 햄릿도 끼어 있었다.

화재 시 대피 요령
불이 나더라도 바닥에서 20cm 정도는 공기가 남아 있으므로 일단 납작 엎드려야 한다. 또 높은 데서 뛰어내릴 때는 떨어지기 전에 미리 이불이나 방석 같은 것을 떨어뜨리고 그 위로 뛰어내리는 게 요령이다. 불이 날 때 엘리베이터는 정전이 될 수 있기 때문에 절대 사용하지 말아야 한다. 또 아파트에서 불이 났을 때는 베란다를 통해 아래층을 내려다보면 안 된다. 보통 베란다 창문을 통해서 불이 번지기 때문에 화상을 입기 십상이다.

"정신 바싹 차리라는 의미에서 너희에게도 기회를 주겠다. 실수 없이 잘해!"

"전 빼 주시면 안 돼요? 깜깜한 거 무섭단 말예요."

"그런 저질 담력으로 해군 노릇을 해? 당장 타!"

어쩔 수 없이 두 사람은 소형선에 오를 수밖에 없었다.

가까이서 본 무적함대는 바다 위의 철옹성처럼 결코 깨질 것 같지 않은 견고함이 물씬 풍겼다.

"이것 봐. 놈들이 배와 배 사이를 밧줄로 묶어 뒀어."

"파도가 세차서 그랬나 봐. 하늘도 우리를 돕는구면."

모두들 소형선 구석구석에 기름을 뿌리고 화약을 설치했다. 준비를 마치자 갈고리 빌이 노빈손에게 부싯돌을 건네주었다.

"넌 마지막으로 남아서 불을 붙이고 뛰어내려라."

"여리디 여린 제가 그걸 어떻게 해요?"

"불로 말썽을 일으킨 네게 불로 명예를 회복할 기회를 주는 거야. 다른 배에선 햄릿도 했어."

할 말을 잃은 노빈손은 대원들이 보트에 옮겨 타는 것을 지켜보았다.

"으, 떨려. 얼른 하고 가야지."

혼자 배에 남은 노빈손이 불을 붙이자 기름을 흠뻑 먹은 배는 순식간에 불길에 삼켜졌다. 노빈손이 대원 중 마지막으로 보트에 오르는 순간, 바람의 방향이 바뀌었다.

"바람이 분다. 스페인 쪽으로 불고 있어."

불타는 소형선들은 스페인 쪽으로 흘러 내려갔다. 바람의 방향과 함께 운명의 방향도 바뀐 것이다.

"수고했다, 노빈손! 넌 '좋은 바람'이야."

좋은 바람. 이것은 해적들 사이에서 큰 칭찬이었다. 바다에서 좋은 바람은 항해를 무사히 마치게 해 주는 일등 공신이었기에.

무적함대는 더 이상 무적이 아니다

잠시 후 잠에 취해 있던 스페인 병사 하나가 칠흑 같은 어둠을 뚫고 바다 위를 달리는 시뻘건 불길을 발견했다.

"불이다!"

무적함대에선 난리가 났다. 불이 붙은 배는 첫 번째 스페인 배에 쿵 부딪쳐 불길을 옮겼다.

"밧줄을 잘라, 이러다 다 타겠어!"

서로 연결된 스페인 배들 사이로 불꽃이 빠르게 번지자 거대한 불기둥이 솟았다. 스페인 해군은 불길을 잡으랴, 밧줄을 끊으랴, 도망치랴 우왕좌왕했다. 불은 밤바다를 대낮같이 밝힐 만큼 맹렬한 기세로 타올랐다.

"기회를 놓치지 마라. 기습 타임이다!"

"와아~!"

드레이크 선장의 쩌렁쩌렁한 목소리가 울려퍼지자 모두들 함성을 지르며 전투를 시작했다.

"영국군이 공격합니다!"

"밧줄이 엉켜서 움직일 수가 없어요!"

"맙소사, 그럼 대포라도 쏴!"

"그러다 아군 배가 맞으면 어떡해요?"

밧줄을 끊은 무적함대는 이번에는 자기 배끼리 충돌하느라 제대로 전투에 임할 수 없었다. 영국 포탄에 맞아 배의 옆구리에 구멍이 뻥뻥 뚫렸고, 싸워 보지도 못하고 바다에 추락한 병사들도 부지기수였다. 어느덧 무적함대의 초승달 대형은 뭉개지고 있었다.

바다 위의 치열한 전투는 장장 아홉 시간이나 계속됐다. 스페인이라는 강력한 챔피언이 도전자 영국에 맞서 치열한 방어전을 펼치는 모양새였다.

"가까이 가서 놈들에게 본때를 보여 줘라!"

기세가 오른 영국군은 이제 근접전도 마다하지 않았다. 치명타를 입고 아수라장이 된 스페인 배에 오른 영국군은 쉬지 않고 공격했다. 전세는 점점 영국 쪽으로 기울었다. 그때 자욱한 포탄을 뚫고 누군가 노빈손을 쓰러뜨렸다.

"마침내 찾았군!"

노빈손은 이 상황에서 누가 자길 찾나 고개를 돌렸다가 눈

세계 3대 해전
세계 3대 해전을 꼽아 보면, 노빈손이 참여한 칼레 전투 외에 기원전 480년 그리스가 페르시아 군을 물리친 살라미스 해전, 1805년 영국 넬슨 제독이 나폴레옹 함대를 물리친 트라팔가 해전이 있다. 덧붙여 이순신 장군이 크게 승리한 3대 해전은 한산도 대첩, 명량 해전, 노량 해전이다. 그러나 안타깝게도 이순신 장군은 노량 해전에서 전사한다.

을 의심했다.

"괴로피셔 백작님, 무사하셨군요!"

"죽다 살아났지. 이렇게 구사일생으로 살았으니 네 오른쪽 주머니에서 짤랑거리는 그 회중시계는 내가 가져가야겠다."

"나중에 얘기하면 안 될까요? 이 배는 가라앉고 있어요!"

노빈손은 갑자기 나타난 백작보다 대포에 맞아 가라앉고 있는 배가 더 신경 쓰였다. 옆의 배로 옮겨 가려던 노빈손을 백작이 주먹으로 쳐서 쓰러뜨렸다.

"좋게 말할 때 그 시계를 내놔."

"이걸 왜요?"

노빈손이 회중시계를 꺼내자 백작의 두 눈이 번쩍 빛났다.

"너 때문에 배우 생활도 결딴나고 한몫 잡으려던 해적 생활도 쫑났지. 그 시계만 주면 다 용서하겠다."

"그치만 전 이게 없으면 현대로 돌아갈 수가……!"

그때 뒤편이 물에 잠기면서 배의 몸통이 공중으로 붕 솟아올랐다. 노빈손과 괴로피셔 백작은 주르륵 미끄러지다가 간신히 돛대 위에서 균형을 잡았다.

"말로 안 되면 힘으로 뺏을 수밖에!"

백작은 칼을 꺼내 휘둘렀다. 순간적으로 고개를 숙이지 않았다면 다칠 뻔했다. 두 사람은 엎치락뒤치락 한 덩어리가 되어 계속 싸웠다.

한편 건너 배에서 이 모습을 본 백곰과 햄릿은 느닷없는

상황에 어리둥절해졌다.

"저 사람 괴로피셔 백작 아냐? 살아 있었네."

"근데 왜 둘이 껴안고 있지유?"

필사의 사투를 반가운 인사쯤으로 잘못 안 두 사람은 한동안 더 지켜보다가 소리쳤다.

"그쯤 하고 건너 와. 곧 빠지겠다."

아닌 게 아니라 벌써 발끝이 젖어 들고 있었다. 거의 다 침몰해 가는 배 꼭대기에서 격렬한 몸싸움을 하던 두 사람은 멍이 들고 윗도리가 찢어져 너덜너덜했다.

"그냥 드릴게요!"

안 되겠다 싶어 노빈손이 외쳤다. 그 말에 백작도 휘두르

던 주먹질을 멈췄다. 노빈손은 시계가 든 오른쪽이 아닌 왼
쪽 주머니에 손을 넣어 주머니에 들어 있던 후춧가루를 뿌렸
다. 백곰이 '값비싼 향신료' 운운하며 챙겨 두라고 말한 후춧
가루였다.

"엣췌췌췌!"

기침을 하며 두 눈을 마구 비비는 괴로피서 백작을 뒤로하
고 노빈손은 풍덩 바다로 뛰어들어 백곰이 던져 준 밧줄을
잡았다.

"노빈소오오오온!"

백작의 울부짖음이 침몰하는 배 위에 울려퍼지는 가운데
노빈손은 무사히 친구들의 품으로 돌아갔다.

"……전투는 어떻게 됐어?"

"다 끝나 가고 있어. 영국군의 승리야."

세 사람은 막바지에 달한 전투를 바라보았다. 불타는 배들
로 뒤덮인 바다 위에 장엄한 아침 해가 떠오르고 있었다. 이
윽고 영국군이 공격을 멈추었을 때 무적함대는 더 이상 무적
함대가 아니었다.

"왜냐면 우리한테 졌으니까!"

영국 해군들은 찌를 듯이 높은 기세로 이렇게 외쳤다. 이
한 번의 전투로 유럽의 강자가 바뀌고 바다의 새로운 챔피언
으로 영국이 등극한 것이다.

영국과 일본은
찰떡궁합?
영국은 일본을 '극동의
영국'이라고 부르고, 일
본은 영국을 '유럽의 일
본'이라고 부른다. 두
나라 모두 대륙의 끝에
있는 작은 섬나라라서
뜻이 잘 맞는가 보다.
메이지 시대에 일본은
동경대학에 영국인 교
수를 28명이나 초대했
다. 초대된 영국 교수들
의 봉급이 문교부 예산
의 3분의 1이나 차지했
다니 일본 정부가 얼마
나 영국 교수들에게 공
들였는지 알 만하다.

대제국의 서막을 열다

열흘 뒤 템스 강에는 엄청난 인파가 몰렸다. 꽃가루가 날리는 가운데 악단이 연주를 하고 런던 시민 전체가 승리의 기쁨으로 들썩거렸다.

"나라를 구한 영웅들이 온다."

"자꾸 밀지 좀 마. 안 보이잖아."

"떡 사려, 피시 앤드 칩스 사려!"

모두들 승리의 기쁨에 젖어 있었다. 환성은 눈부신 은빛 갑옷을 입은 엘리자베스 여왕이 나타나자 절정에 이르렀다.

"만세, 여왕 폐하 만세!"

여왕은 하얀 말에서 내려 친히 해군들의 공로를 치하했다.

"경에게는 특별히 더 감사를 표하오."

엘리자베스 여왕은 무릎을 꿇고 있는 드레이크 선장과 그의 부하들에게 따스한 눈빛을 보냈다. 그때 모자를 벗은 해군들 사이에서 어디서 많이 본 대머리가 여왕의 눈에 들어왔다. 네 가닥의 머리카락을 가진, 한때 궁궐의 익살꾼이었던 그는 바로…….

"노빈손, 네가 왜 여기 있니?"

여왕은 깜짝 놀라 노빈손에게 다가왔다. 드디어 엘리자베스 여왕을 직접 만나게 된 노빈손은 고개를 들었다.

"전 한 번도 반역을 꾀한 적이 없어요. 직접 뵙고 말씀 드

생선을 기름에 마구 튀겨 소금과 식초를 뿌린 후 감자튀김을 곁들여 먹는 간단한 요리다. 기름이 뚝뚝 떨어지는 생선은 식으면 정말 끔찍한 맛인데 다들 잘도 먹는다. 그래서 영국인들은 죽어도 지옥에 안 간다는 말이 있다. 워낙 맛없는 음식을 먹으며 죄의 대가를 치렀기 때문이라나?

리고 싶었는데 이제 기회가 오네요.”

　노빈손은 마음이 벅차 눈물이 나올 것 같았다. 그런데 눈물 대신 방귀가 뿡 하고 나왔다.

　“여전하구나. 드레이크 경의 배가 가장 큰 활약을 했는데 네가 거기 있었다니. 지난 일은 잊고 내 축복을 받아라.”

　엘리자베스 여왕은 미소를 지으며 다정하게 손을 잡아 주었다. 여왕은 다시 말 위에 올라타 위엄을 갖추었다. 환호하는 국민과 병사 앞에 선 엘리자베스 여왕은 보석으로 장식한 칼을 뽑아들고 외쳤다.

　“내 비록 여자의 몸이나 나에게는 왕으로서의 심장, 사자

의 심장이 있소. 영국은 더 이상 유럽의 작은 나라가 아니
오!"

"와아!"

작고 힘없는 영국이 최강국인 스페인 무적함대에 맞서 이
겼다는 사실은 국민 전체에게 엄청난 자부심을 불러일으켰
다. 영국은 이 전투로 많은 것을 얻었지만 그중에서도 가장
큰 소득은 바로 국민들의 자부심이었다.

바야흐로 대영제국의 서막이 활짝 열린 것이다.

단맛이 좋니?
쓴맛이 좋니?

준비됐니?
알면 알수록 재미있는
영국 탐험 시작!

영국 문화가 전통적이고 보수적인 것투성이일 거라고 생각
하면 크나큰 착각! 못 말리게 활기차고 다채로운 영국의 문
화를 한번 맛볼까나?

1. 첫 번째, 단맛 : 뮤지컬

음악과 춤과 스토리가 어우러지는 멋지고 환상적인 뮤지
컬! 런던 서쪽으로 가면 50여 개의 뮤지컬 전용 극장이 몰
려 있는 '웨스트엔드' 라는 곳이 있어. 뉴욕 브로드웨이와
더불어 뮤지컬의 양대 산맥이라고 불리는 곳이지. 이렇게

뮤지컬이 발전한 데는 70년대에 혜성같이 나타난 뮤지컬계의 슈퍼스타, 앤드루 로이드 웨버의 영향이 엄청 컸어.

앤드루 로이드 웨버는 「지저스 크라이스트 슈퍼스타」, 「캣츠」, 「에비타」, 「오페라의 유령」 등을 작곡해서 전 세계적으로 파란을 일으켰지.

웨버의 작품 외에도 영국에서 현재 인기 있는 작품들은 「라이언 킹」, 「맘마미아」, 「빌리 엘리어트」 등 셀 수 없이 많아.

2. 두 번째, 쓴맛 : 문학

쓴맛은 다른 맛보다 느낄 때까지의 시간이 오래 걸리고, 또 맛이 오래 남는 특징이 있지. 마치 문학처럼 말야.

초서의 『캔터베리 이야기』는 영문학의 기원이지만 엄청나게 길고 지루한 얘기라 별로 권하고 싶지 않아. 하지만 엄청나게 재미있는 셰익스피어 선생님의 희곡들은 여전히 무대와 책에서 그의 대머리처럼 반짝반짝 빛나고 있지.

찰스 디킨스의 소설은 노빈손이 누볐던 런던 뒷골목을 실감나게 보여 주고(『올리버 트위스트』) 제인 오스틴의 소설들은 예절을 갖추느라 억눌린 열정을 섬세하게 그려냈다는 평가를 받고 있어(『오만과 편견』). 낭만적인 서정을 노래한 시인 윌리엄 워즈워스도 빼놓을 수 없어. 조지 오웰의 날카로운 소설들(『동물 농장』, 『1984년』)도 시간이 아무리 흘러도 읽힐 명작이고, 2007년에 노벨 문학상에 빛나는 도리스 레싱(『황금 노트북』)도 영문학사의 한 장을 이어가고 있어. 참고로 매년 영어로 쓴 소설 가운데 가장 뛰어난 작품에 주는 '부커 문학상'은 '노벨 문학상', '공쿠르상'과 더불어 세계 3대 문학상으로 꼽히고 있어.

3. 세 번째, 매운맛 : 록 음악

신나고 짜릿한 록음악은 때때로 얼얼할 정도의 매운 카타르시스를 안겨 주지. 로큰롤은 미국에서 시작됐지만 비틀스가

활동하면서 중요한 전기를 맞게 돼.

1960년에 리버풀에서 온 네 명의 젊은이 폴 매카트니, 존 레논, 링고 스타, 조지 해리슨은 밴드를 결성하고 '예스터데이', '옐로 서브마린', '컴 투게더' 등 숱한 명곡을 만들지. 영국에서 성공한 후 비틀스는 미국으로 건너가 활동했는데 '영국의 공습'이라는 말이 나올 정도로 엄청난 인기를 끌었어. 해체 후 각자 활동하던 중 존 레논이 광팬에게 암살되어 전 세계에 충격을 주었어.

그밖에 롤링 스톤스, 퀸, 데이비드 보위 등 무수한 뮤지션들이 세계 팬들의 귀를 사로잡았지.

1990년대 이후에는 스웨이드, 오아시스, 라디오헤드 등 이른바 '브릿 팝'이라고 불리는 또 다른 경향이 나타나 로큰롤의 역사를 이어가고 있어.

4. 네 번째, 신맛 : 미디어

활자의 천국 영국에는 20개의 전국지와, 1,500개의 지역 신문, 그 외 셀 수도 없이 많은 전문지와 정보지가 있어. 영국

인에게 신문과 잡지는 샐러드에 들어간 식초처럼 일상을 상
큼하게 만들어 주는 역할을 하지.
「더 타임스」, 「가디언」같이 세계적으로 유명한 신문이 있는
가 하면, 선정적인 기사와 화보로 수백만 부를 팔아 치우는
「더 선」 같은 신문도 인기가 많아.
또 영국의 국영 방송 BBC는 질 높은 프로그램으로 영국을
넘어서 전 세계에 애청자가 많지.

영국의 또 다른 인기스타들!

피터 래빗 : 당근을 좋아하는 장난꾸러기 토끼.
위니 더 푸 : 꿀이라면 사족을 못 쓰는 맹한 구석이 있는 아기 곰.
해리포터 : 부러진 뿔테 안경에 이마엔 번개 모양의 흉터가 있는
　　　　　 소년 마법사.
텔레토비 : 머리엔 안테나, 배에는 텔레비전을 달고 있는 정체 불
　　　　　 명의 외계 꼬마들.

에필로그

그 뒤의 이야기

엘리자베스 여왕은 69세로 세상을 떠났다. 끝까지 결혼을 하지 않아 스코틀랜드의 제임스 스튜어트 왕자를 후사로 삼았다. 이로써 튜더 왕조의 시대가 끝나고 스튜어트 왕조 시대가 시작된다.

드레이크 선장은 열병에 걸려 생을 마친다. 선장은 이백 년 후 넬슨 제독이 나타나기 전까지 영국인들 사이에서 역사 인물 인기 투표를 하면 늘 부동의 1위였다.

괴로피셔 백작은 구사일생으로 살아남아 고향으로 돌아갔다. 출세에 대한 미련을 버린 백작은 독학으로 박사 학위를 받은 후 케임브리지 대학의 교수로 취임한다. 백작이 신설한 강좌명은 '신사, 그 찬란한 엄격!'. 산더미 같은 과제와 엄청난 시험으로 학생들을 괴롭히던 이 강좌는 몇 년 뒤 수강생이 없어 자동 폐강되었다.

제임스 해머 판사는 지방 순회 판사로 임명되어 남서부 해안 지역을 돌며 판결을 내렸다. 해머 판사는 공정한 판결로 인기가 높았으며, 서른다섯 번째로 망치를 부러뜨려 서른여섯 번째 망치를 주문했다.

같은 케임브리지 대학 교라도 칼리지에 따라 서열이 있는데, 왕족들이 세운 킹스 칼리지, 퀸스 칼리지, 트리니티 칼리지의 위세는 지금도 대단하다. 특히 헨리 8세가 세운 트리니티 칼리지는 '케임브리지 내에서 트리니티 칼리지의 땅을 밟지 않고는 걸어다닐 수 없다.'는 말이 있을 만큼 부자 칼리지이다.

평화의 상징, 피스 마크
피스 마크는 영어로 피스 심벌(peace symbol)이라고도 한다. 이 마크는 영국의 핵무장반대운동(Campaign for Nuclear Disarmament; CND)의 고유 로고였다. 핵무장반대운동의 회원으로 활동하던 제럴드 홀텀이 처음으로 고안한 피스 마크는 이후 전 세계에서 가장 유명한 평화의 상징으로 통용되게 된다. 피스 마크는 저작권을 가지고 있지 않아 이 마크를 사용하기 위해 로열티를 지불하거나, 사용허가권을 받을 필요가 없다.

실록 홈스는 변함없이 베이커 가 221b번지에서 살고 있다. 최근 완전범죄라고 알려진 사건 두세 건을 처리하며 명성이 더욱 높아졌다. 한때 런던 젊은이들 사이에서 가늘고 긴 수염과 승마 모자, 파이프를 물고 수염을 실록실록 하는 '실록 키언 룩'이 유행하기도 했다.

셰익스피어는 갈릴레이와 같은 날에 태어났으며 세르반테스와 같은 날에 세상을 떠났다. 죽을 때까지 '영감이 마구 떠올라!'를 외치며 글을 쓰던 그는 전 영국의 사랑과 음해를 받는다. 심지어 아직까지 셰익스피어가 가짜라고 외치는 사람도 있다.

갈고리 빌은 갈고리를 의수로 바꾼 후 훨씬 부드러운 사람이 됐다. **애꾸눈 잭** 역시 안대에 평화를 상징하는 피스 마크를 새겨 넣었다. 해군에서 은퇴한 두 사람은 차 애호가로 변신해 차 회사를 차려 엄청난 부자가 됐다.

데이비드 백곰은 의회파 축구팀에 정식으로 입단했다. 축구 선수임에도 불구하고 권투 선수 못지않게 체중 조절이 관건이었던 백곰은 늘었다 줄었다 하는 고무줄 몸무게로 유명했다. 다이어트를 하면 여성 팬이 늘고, 다이어트에 실패하면 여성 팬이 안티 팬이 되는 일이 반복되자 구단에서는 열흘 간 배에 태우기도 했다. 날씬한 몸으로 돌아온 백곰은 마흔 다섯 번째 골을 기록하며 그해 득점왕에 올랐다.

햄릿은 자신의 나라 덴마크로 돌아갔다. 그 후 우울증과 망상증을 치료하고 가업을 물려받았다. 햄릿은 노년에 자그마한 책을 썼다. 제목은 『스무 살의 모험, 노빈손을 추억하며』. 물론 자비 출판이며 백곰과 몇몇 사람이 사 준 덕에 원가는 건졌다고 한다. 이 책의 마지막 판본은 노팅힐의 어느 고서점에 있었으나 2008년 머리털이 네 개밖에 없는 동양인이 와서 펑펑 울더니 책을 사갔다.

영국에서의 모든 모험을 마친 노빈손은 마침내 해리포터가 준 회중시계를 작동시킨다. 시계 장인에게 맡겨 바늘을 고친 노빈손은 수도 없이 실패한 끝에 마침내 5시 47분에 바늘을 맞추고 위의 인물 모두와 헤어져 21세기로 귀환한다.

이름처럼 빈손으로 와서 말숙이한테 한참 혼난 노빈손은 한국에 돌아가는 대로 간장 게장을 부치겠다는 각서를 쓰고 겨우 용서받는다. 영국에서의 마지막 날, 노빈손은 맨체스터 유나이티드 경기장에 가서 목이 터져라 박지성 선수를 응원한다.

노팅힐과 고서점
영국 웨스트 런던의 한 지역인 노팅힐은 인기 배우 줄리아 로버츠와 휴 그랜트가 출연한 영화 「노팅힐」 때문에 더욱 유명해졌다. 이곳 포토벨로 로드에 가면 영화 속에 등장했던 고서점의 파란 대문이 아직 남아 있다. 지금은 서점이 아닌 가구점으로 바뀌었지만. 매년 8월 거리 축제 '노팅힐 카니발'이 열린다.

영국 역사에 있어 중요하거나 사소한 여섯 가지 순간들

1. B.C 5000년 – 영국이 유럽 대륙 사이에서 떨어져 나오다

순전히 지리적인 사건이지만 이것은 영국 역사에 있어 가장 중요한 순간이다. 영국과 프랑스 사이에는 바닷물이 들어찼고, 이때부터 영국은 '우리는 대륙에 속하고 있으나 대륙과는 떨어진 곳에 있다는 사실을 항상 잊어서는 안 된다.' 라는 인식이 머릿속에 깊이 심겼다.

2. 1337년 – 백년전쟁의 시작

프랑스와 영국이 이 전쟁을 시작했을 때 '설마 백 년이나 싸울까?' 싶었을 것이다. 하지만 플랑드르 지방을 둘러싼 다툼으로 시작된 전쟁은 활활 타올랐고, 의회는 에드워드 3세에게 돈과 선박을 빌려 주었다. 전쟁이 끝나질 않으니 왕은 이 돈을 갚을 수 없었고 불쌍한 왕은 신용불량자가 되어 왕인 주제에 파산했다. 초기 20년간 영국이 우세했지만, 전쟁은 잔 다르크가 출현한 프랑스의 승리로 끝났다.

3. 1455년 – 장미전쟁

백 년 동안 전쟁을 치르고 조금 지나자, 이번에는 귀족들끼리 싸움이 붙었다. 말쑥한 귀족 갱스터들이 '백장미파' 와 '붉은 장미파' 로 나뉘어 칼질을 해댄 것이다. 서민들은 이 전쟁에 별 관심이 없었지만, 결과적으로 지들끼리 싸워 귀족의 수가 확 줄어든 것은 여러 모로 변화를 불러왔다. 중세가 끝나고 절대왕정 시대가 부상하게 된 것이다.

4. 1754년 - 샌드위치 탄생

카드 도박 중독자였던 샌드위치 백작은 자리를 뜨기 싫어 패스트푸드를
만들었다. 번거롭게 칼질할 필요 없이 빵 두 개에 고기를 넣으라고 하인에
게 시킨 것이다. 영국이 세계 요리에 기여한 역사적 순간이었다.

5. 1851년 - 만국박람회 개최

번영의 시기가 돌아왔고, 빅토리아 여왕과 남편 알버트 경은 하이드파크
에 강철과 유리로 된 궁전을 만들어 놀라운 상품을 진열했다. 최초의 만국
박람회가 영국에서 열린 것은 당연했다. 최초의 산업혁명이 일어난 곳이
니까.

6. 1939년 - 제2차 세계대전 발발

제2차 세계대전이 터져 세계는 둘로 나뉘었다. 연합군은 가담국이 훨씬
많았음에도 초기부터 완전 밀렸다. 유럽 전체를 삼킨 히틀러는 영국을 공
습하기 시작했다. 순전히 영국의 입장에서 제2차 세계대전을 보자면, 전
례 없이 국민들이 똘똘 뭉쳐 애국심이 최고조에 달했던 시기다. 물품은 배
급제로 바뀌어 이때부터 영국인들에게는 검소함이 몸에 배기 시작했다.
현재의 영국 여왕인 엘리자베스 2세는 버킹엄 궁전이 9차례나 공습을 받
았을 때도 피신하지 않고 고아원과 부상자들을 방문하는 여왕다운 모습을
보였다. 종전 후 많은 식민지들이 독립하면서 영국은 다시 조용하지만 저
력 있는 섬나라로 돌아왔다.

시기	연대	영국
선사 시대	BC 500000년 BC 5000년 BC 2000년 BC 700년	영국에 인간이 살기 시작함. 영국 최초의 인간은 서식스 주의 박스그로브 맨이다. 영국이 섬으로 분리. 스톤헨지가 세워짐. 중부 유럽에서 켈트 족이 건너옴.
로마 점령 시기 (BC 55 ~AD 410)	BC 55년 AD 43년 AD 360년	줄리어스 시저가 로마군을 이끌고 영국을 침략함. 로마 황제 클라우디우스는 영국 정복을 시작함. 로마 황제 콘스탄티누스가 최초로 기독교 공인.
앵글로색슨 족과 데인 족 왕들 (449~1066)	449~550년 597년 650년경 897년	영국이 세 개의 왕국으로 나눠짐. 로마에서 파견된 성 아우구스티누스가 초대 캔터베리 대주교가 됨. 최초의 영국 문학 『베어울프』 나옴. 알프레도 대왕이 바이킹을 무찌름.
노르만 왕조 (1066~1154)	1066년 1067년	프랑스의 노르망디 공 윌리엄이 영국을 정복함. 런던탑이 건립됨.
플랜태저넷 왕조 (1154~1399)	1154년 1167년 1215년 1281년 1337~1453년 1348~1349년 1362년 1387년	헨리 2세를 시작으로 앙주 왕가의 계보가 시작됨. 최초의 학자들이 옥스퍼드에서 공부함. 존 왕이 마그나 카르타를 승인함. 최초의 케임브리지 대학 설립. 프랑스와의 백년전쟁. 페스트로 인구의 절반이 사망함. 영어가 의회와 법정의 공식 언어가 됨. 제프리 초서의 『캔터베리 이야기』가 발표됨.
랭커스터 가와 요크 가 (1399~1485)	1455~1485년	요크 가와 랭커스터 가 사이에 장미전쟁이 일어남.
튜더 왕조 (1485~1603)	1485년 1509년 1536년 1558년 1580년 1588년	장미전쟁에서 이긴 랭커스터 가의 헨리 7세가 왕위에 오름. 헨리 8세가 왕위에 오름. 연합법으로 영국과 웨일스가 통합됨. 엘리자베스 1세가 왕위에 오름. 프랜시스 드레이크가 세계 일주를 마침. 스페인의 무적함대를 대패시킴.
스튜어트 왕조 (1603~1714)	1603년 1605년 1649년 1653~1660년 1660년 1665년 1666년 1694년	스코틀랜드를 통합하여 영국의 제임스 1세가 왕위에 오름. 가이 포크스의 의회 폭파 시도 실패. 청교도 혁명으로 찰스 1세가 참수당함. 호국경 체제. 의회 재구성됨. 찰스 2세가 왕위에 오르면서 군주정치가 다시 시작됨. 페스트로 런던 인구의 5분의 1이 사망함. 런던 대화재 발생. 잉글랜드 은행 건립.

시기	연대	영국
하노버 왕조 (1714~1836)	1714년	독일 하노버 가의 조지 1세가 초청되어 영국 왕이 됨.
	1721년	로버트 월폴이 영국의 첫 번째 총리가 됨.
	1769년	쿡 선장이 호주로 첫 항해를 떠남.
	1775년	제임스 와트가 증기 엔진으로 특허를 받다.
	1785년	「더 타임스」가 발행됨.
	1805년	넬슨 제독이 트라팔가 해전에서 사망. 나폴레옹 함대에 승리.
	1807년	노예 무역 폐지.
	1829년	런던 경찰이 창설됨.
	1830년	스톡턴에서 달링턴까지 연결된 세계 최초의 철도가 개통됨.
빅토리아 시대 (1837~1901)	1837년	빅토리아가 여왕이 됨.
	1851년	런던에서 만국박람회가 열림.
	1865년	『이상한 나라의 앨리스』 간행.
	1891년	셜록 홈스 이야기가 잡지에 처음 게재됨.
	1894년	맨체스터 운하가 리버풀까지 개통됨.
	1895년	국가의 문화와 자연을 보호하기 위해 내셔널 트러스트가 결성됨.
에드워드 시대 (1901~1914)	1907년	『정글북』의 루디야드 키플링이 노벨문학상을 수상함.
	1912년	세계 최대의 유람선 타이타닉 호가 침몰됨.
	1914~1918년	제1차 세계대전 발발.
윈저 왕가 (1917~)	1918년	보통 선거 실시.
	1919년	낸시 에스터가 영국 최초의 여성 국회의원이 됨.
	1926년	대파업으로 나라가 마비됨.
	1927년	영국방송협회(BBC) 개국.
	1928년	알렉산더 플레밍이 페니실린을 발견함.
	1936년	에드워드 8세가 심슨 부인과 결혼하기 위해 왕위를 포기함.
	1939~1945년	제2차 세계대전 발발.
	1946년	국가 의료제도 수립.
	1951년	영국 페스티벌 열림. 로열 페스티벌 홀 건립.
	1953년	엘리자베스 2세 대관식 열림.
	1959년	런던과 버밍엄을 잇는 영국 최초의 고속도로 M1 개통.
	1962년	비틀스가 'Love me do'로 팝 차트에 진입.
	1965년	사형제 폐지.
	1966년	잉글랜드가 월드컵 축구대회를 개최하고 우승함.
	1973년	영국이 유럽 공동체에 가입함.
	1979년	마가렛 대처가 영국 최초의 여성 총리가 됨.
	1994년	해저 터널 개통.
	1998년	북아일랜드 평화 협정 체결.
	1999년	세습 귀족의 상원위원 상속권 폐지.
	2005년	7.7 런던 테러 발생.
	2007년	고든 브라운 총리 선출.
	2010년	데이비드 캐머런 총리 선출.

162~166쪽 퀴즈 정답

1단계 〈정답〉

2단계 〈정답〉

1) O / 2) X / 3) O / 4) X / 5) O / 6) O

7) O / 8) X / 9) O / 10) O / 11) O

Yes는 총 8개.

3단계 〈정답〉

1) 4번. 차는 중국에서 들여와 영국인이 즐기게 된 음료다.

2) 4번. 승부보다는 페어플레이 정신과 명예를 더 중요하게 생각한다.
   정당하지 못한 방식으로 이기는 것은 영예롭지 않게 본다.

3) 2번. 퍼거슨은 선수가 아닌 맨체스터 유나이티드 클럽의 감독이다.
   여왕에게 기사 작위를 받은 바 있다.

4) 3번. 보비(bobby)라는 애칭으로 불리는 런던 경찰은 친절한 것으로
   유명하다.

5) 2번. 인권선언은 프랑스 대혁명 결과 만들어진 문서로 권리장전의 영
   향을 받았다.